SOKO
Malakoff

Ich danke meiner lieben Freundin, Petra Misek, für die Zurverfügungstellung der Bilder von ihren Tortenkreationen, die nicht nur toll aussehen, sondern auch außergewöhnlich gut schmecken.

Juergen von Rehberg

SOKO
Malakoff

Der
Mehlspeis-Mörder

Bibliografische Information der Deutschen National-bibliothek:
Die Deutsche Nationalbibliothek verzeichnet diese Publikation in der Deutschen Nationalbibliografie; detaillierte bibliografische Daten sind im Internet über http://dnb.dnb.de abrufbar.

Herstellung und Verlag: BoD – Books on Demand, Norderstedt

ISBN: 978-3-7534-2260-2

Die Malakoff-Torte ist eine von vielen österreichischen Mehlspeisen, und mit ihr begann auch eine abstruse Mordserie, die zur Gründung einer SOKO führte.

Sie bestand aus vier Personen:
Major Petra Misek, die Leiterin
Oberleutnant Gerry Schlesinger
Leutnant Klara Wieland und
Oberstleutnant Jürgen Brauneis
als Chef des LKA Rehberg

Auf die Idee, die SOKO „SOKO Malakoff" zu nennen, stammte von Leutnant Klara Wieland, einer pfiffigen, jungen Beamtin mit großem Potenzial.

Sie war das Küken in der Truppe, erfreute sich großer Beliebtheit, schoss aber gelegentlich schon einmal über das Ziel hinaus.

Da war es dann Major Misek, die sie wieder in die Spur brachte. Petra Misek war eine erfahrene, routinierte Ermittlerin, die mit ihrer stringenten Art keine Zweifel darüber offenließ, was sie von ihren Kollegen erwartete.

Allein schon ihr Äußeres unterstrich ihre burschikose Art, vortrefflich ergänzt durch ihre leicht rauchige Stimme. Die Anweisungen, welche sie gab, waren stets knapp, präzise und ließen Widerspruch erst gar nicht zu.

Der ruhende Pol in der Gruppe war zweifelsfrei der Oberleutnant. Gerry „Gerry" Schlesinger war ein großer Phlegmatiker vor dem Herrn.

Sein Handeln wäre niemals vor dem Denken gekommen, und sein zweiter Vorname hätte durchaus „Analyse" heißen können. Diese Fähigkeit war für die SOKO unverzichtbar und hatte schon bei vielen Mordfällen den Ausschlag gegeben.

Chef des LKA Rehberg war Oberstleutnant Jürgen Brauneis, eine in sich ruhende Beamtenseele, der in seine Mitarbeiter vollstes Vertrauen hatte und sie ungehindert schalten und walten ließ.

„Ich möchte, dass Sie sich dieser Sache annehmen, Major Misek."

Mit diesen Worten übertrug Obstlt Brauneis die Ermittlung einer Mordserie, wie es sie in dieser ganz speziellen Art noch nie zuvor gegeben hatte.

Der Oberstleutnant schob Major Misek ein Schriftstück über den Schreibtisch.

„Das ist eine Art Bekennerschreiben. Es gibt noch andere davon. Die werden ihnen die Kollegen aus den Bundesländern noch zukommen lassen."

„Heißt das, es gibt mehrere Morde dieser Art?", fragte Major Misek, worauf der Oberstleutnant antwortete:

„*Leider ja, meine Liebe. Das Böse schläft ja bekanntlich nie.*"

Major Misek schaute ihren Vorgesetzten mit einem Blick an, der zwar sehr viel aussagte, aber nichts davon aussprach.

Sie sagte nur „*in Ordnung, Chef*" und wandte sich zum Gehen. Die Anordnung, „*sie möge ihren Chef auf dem Laufenden halten*", hörte sie schon nicht mehr. Und eigentlich war es ja eher eine Bitte.

*****

Création
Petra Misek

Malakofftorte

Zutaten:

Für die Garnitur:

180 g Butter
200 g Staubzucker
4 Eidotter
180 g Mandeln (gerieben)
150 ml Schlagobers
50 Biskotten
Milch (zum Einweichen)
Rum

250 ml Schlagobers
Mandelsplitter
Biskotten

Zubereitung:

Die Butter vor der Verwendung Raumtemperatur annehmen lassen, dann in einer Schüssel schaumig rühren und Zucker sowie Eidotter dazugeben.

Mandeln und flüssiges Schlagobers hinzufügen und alles weiterrühren, bis die Masse zu einer steifen Creme wird.

Eine Springform mit 24 cm Durchmesser bereitstellen, die Biskotten nacheinander in mit etwas Rum vermengter Milch kurz wenden und den Boden der Form damit auslegen. Den Rand mit halbierten Biskotten auskleiden.

Biskotten großzügig mit der Creme bestreichen, abermals mit getränkten Biskotten belegen und diesen Vorgang so lange wiederholen, bis die Creme verbraucht ist, wobei die Biskotten den Abschluss bilden.

Torte mit einer Klarsichtfolie abdecken und an einem kühlen Ort mindestens 5 Stunden ziehen lassen.

Danach vorsichtig aus der Springform lösen, mit geschlagenem Schlagobers rundum gut bestreichen.

Tortenrand mit Mandelsplittern bestreuen, Oberfläche mit halbierten Biskotten belegen und mit aufgespritztem Schlagobers verzieren.

*****

„Was will uns dieses Dokument mitteilen?"

Major Misek schaute in die Gesichter ihrer Kollegen, in der Hoffnung, brauchbare Antworten zu erhalten.

Auf dem Bildschirm an der Wand war eine Art Bekennerschreiben zu sehen, aus welchem stand:

RACHE IST SÜSS – ST. PAULI

„Dass der Mörder ein Schleckmäulchen ist und ein Fußballfan."

Major Misek sah zu ihrem Kollegen, Oblt Gerry Schlesinger, von dem die Antwort kam und erwiderte:

„Dann kommst du ja auch als Mörder in Betracht, Gerry."

Gerry schmunzelte und sagte:

„Was das <Schleckmäulchen> angeht, würde es ja passen, liebe Petra; aber Fan eines deutschen Fußballvereins; never ever."

„Wieso Fußballverein?", fragte Klara, die von dieser Sportart zwar schon gehört hatte; aber nichts damit anfangen konnte. Ihre Liebe wandte sich mehr dem Tänzerischen zu. Als Kind hatte sie sogar ein paar Jahre lang Ballettunterricht gehabt.

„Der FC St. Pauli ist ein Hamburger Traditionsverein, Bambi", kam Gerry erklärend zu Hilfe.

Die Bezeichnung „Bambi" für junge Beamtinnen hatte sich irgendwann einmal eingebürgert. Ein männliches Pendant gab es jedoch nicht.

Major Misek konnte dieser Bezeichnung nichts abgewinnen und ein strafender Blick in Richtung Gerry machte dies einmal mehr deutlich.

„Es könnte sich doch auch um die Bezeichnung für einen Heiligen handeln oder etwa nicht?", wagte Klara einen weiteren Vorstoß.

„Wenn du damit auf den Heiligen Paulus anspielst, dann passt >Pauli< als Genitiv von <Paulus> nicht so richtig", korrigierte Gerry schmunzelnd.

„Was für ein Genitiv?", fragte Klara.

Und bevor Besserwisser Gerry, offenkundig des Lateinischen mächtig, darauf antworten konnte, sagte Major Misek:

„Genug! Das hilft uns alles nicht wirklich weiter. Lasst uns unsere Arbeit machen, wie wir das immer tun. Fakten sammeln und analysieren.

Gerry, du kümmerst dich um das Dokument.

Und du, Klara, gehst mit mir zu Dr. Leitgeb. Mal schauen, ob er schon etwas Brauchbares für uns hat."

****

„Hallo, Dok", hast du schon etwas für uns?"

Der Gerichtsmediziner mochte die Bezeichnung „Dok" nicht besonders. Außer Petra hätte das niemand zu ihm ungestraft sagen dürfen.

Er hatte schon einige Male erwogen, die tüchtige Beamtin dahingehend zu beeinflussen, sie möge doch von dieser albernen Bezeichnung abweichen, hatte es aber nie getan.

Wahrscheinlich lag es daran, dass er seine wesentlich jüngere Kollegin sehr schätzte, ja sogar ein wenig in sein Herz geschlossen hatte, dass er ihr diesen Spaß nicht verderben wollte.

„Guten Morgen, ihr Hübschen", begrüßte der Doktor die beiden Frauen, worauf Petra mit einem Zwinkern erwiderte:

„Es ist gleich Mittag, Dok."

Der Gerichtsmediziner schaute auf die große Uhr an der Wand und sagte:

„Hier unten bei den Toten vergisst man schnell die Zeit."

„Aber für die ist die Zeit doch stehen geblieben", sagte Klara, worauf der Doktor die junge Frau ansah und antwortete:

„Da haben Sie wohl recht, junge Dame; aber für mich läuft sie ja noch. Wenn auch nur für eine begrenzte Dauer."

Er spielte dabei auf sein fortgeschrittenes Alter an. Eigentlich könnte er schon längst seinen Ruhestand genießen; aber als Alleinstehender wollte er das nicht.

Seine gute Beziehung zum Polizeipräsidenten, dessen Ehefrau die jüngere Schwester des Gerichtsmediziners war, hatte es ermöglicht, dass er seinen Beruf noch weiter ausüben konnte.

„Du lebst ewig, Dok", sagte Major Misek in ihrer flapsigen Art und zauberte damit dem Mediziner ein feines Lächeln ins Gesicht.

„Anders als dieses bemitleidende Geschöpf", erwiderte der Doktor und zog das Leintuch vom Gesicht der Leiche.

Der Anblick des Toten löste einen leichten Schauer bei Lt Wieland aus. Es war ihr erster Toter, den sie aus der Nähe betrachtete.

Als ihr Großvater gestorben war, und die Verwandten am offenen Sarg Abschied nahmen, verweigerte Klara dieses Prozedere.

Sie war damals gerade neun Jahre alt, und der Tod war ihr unheimlich. Im Grunde genommen war er das auch heute noch.

Der Gerichtsmediziner lächelte. Er hatte das Zögern bei der jungen Beamtin bemerkt.

„Treten Sie ruhig ein wenig näher, junge Dame. Die Toten sind friedfertige Wesen; sie tun Ihnen nichts. "

„Das weiß ich schon, Herr Dr. Weidinger", erwiderte Klara.

„Und? ", fragte der Doktor.

„Was - und? ", sagte Klara.

„Nun, normalerweise ist es doch so, dass nach einem <schon> ein <aber> folgt, nicht wahr?"

Klara fühlte eine wachsende Unsicherheit. Der Mann, der vom Alter her ihr Großvater hätte sein können, und der sie sogar ein wenig an ihren Großvater erinnerte, sah ihr mit festem Blick ins Gesicht.

„Ist schon in Ordnung, junge Dame", ersparte der Doktor ihr die Antwort, was Klara sichtlich erleichterte.

„Ich warte, Dok!"

Major Misek erinnerte mit aller Deutlichkeit an den Zweck ihres Besuches, worauf der Gerichtsmediziner antwortete:

„Ein Augenblick der Geduld kann vor großem Unheil bewahren, ein Augenblick der Ungeduld ein ganzes Leben zerstören."

Petra Misek würdigte diese Worte mit einem zürnenden Blick.

„Hast du noch mehr davon auf Lager oder können wir jetzt endlich beginnen?"

„Ich wollte dir mit diesen klugen Worten lediglich ein kleines Geschenk machen", erwiderte der Doktor und fuhr fort:

„Aber wenn du es nicht möchtest, dann gebe ich es dem jungen Fräulein. Vielleicht hat sie eher Verwendung dafür als du."

Und bevor Petra darauf reagieren konnte, sagte der Doktor in einem amtlichen Tonfall:

„Wir haben hier die Leiche einer Frau in einem allgemein guten Zustand, wenn man das Alter der Dame in Betracht zieht, und bevor sie vergiftet wurde."

„Sie wurde vergiftet?", unterbrach Lt Wieland voller Entsetzen.

„Wäre Ihnen erschossen, erwürgt, erstochen lieber, junge Dame?"

Der Mediziner konnte es sich nicht verkneifen, auf Klaras Frage so zu antworten. Er bereute es jedoch noch im selben Augenblick.

„Tut mir leid, Frau Wieland", bemühte er sich umgehend um Schadensbegrenzung, denn er mochte die junge Frau, die – im Gegensatz zu der abgeklärten Frau Major – eine liebenswerte Art besaß.

„Ist das sicher, das mit dem <vergiften>?", mischte sich Petra ein.

„Zweifelsfrei", antwortete der Gerichtsmediziner.

Und bevor Petra weiter fragen konnte, fügte der Doktor hinzu:

"Atropa belladonna".

"Tollkirsche", übersetzte Petra, was den Mediziner einigermaßen überraschte.

"Madame kennt sich aus", sagte der Mediziner in leicht süffisantem Ton, worauf Petra erwiderte.

"Kannst du uns auch sagen, wie es verabreicht wurde?"

"Auf eine gar himmlische Weise", antwortete der Doktor.

Petra schaute Dr. Weidinger verständnislos an.

"Sind wir hier bei einem Quiz oder in der Rechtsmedizin?"

"Man könnte doch beides miteinander verbinden", antwortete der Doktor.

"Jetzt ist es genug, Dok", sagte Major Misek, der gerade das letzte Quäntchen Humor abhandengekommen war.

"Im Rachenraum der Toten habe ich Reste einer Mehlspeise gefunden, die Spuren von Atropin aufwies."

„Belladonna", sagte Lt Wieland, und streute damit ihr gerade gewonnenes Wissen bei.

„Die Tollkirsche enthält als psychoaktive Substanz hauptsächlich das Stimulantium Atropin, das anregend wirkt und bei Überdosierung zu Tobsucht und Raserei führt und im Tod endet."

Das war nun die exakt wissenschaftliche Erklärung für die Pflanze, die in früherer Zeit von den Damen als Mittel verwendet wurde, um schönere Augen zu bekommen. Atropin erweitert die Pupillen.

„Diese Frau hat sich an einem Stück köstlicher Torte delektiert und ist daran auf grausame Art gestorben."

Nach diesen Worten folgte ein kurzer Moment allgemeinen Schweigens.

„Wo wurde die Leiche gefunden?", fragte Major Misek, worauf der Gerichtsmediziner antwortete:

„In Mauternbach."

„Das ist ja quasi vor unserer Haustür", erwiderte Petra, *„jetzt wird mir auch klar, warum wir die Fälle auf unseren Schreibtisch bekommen haben."*

„Du sprichst in der Mehrzahl, Petra", sagte der Gerichtsmediziner, *„gibt es noch mehr solche Morde?"*

19

„Ja", antwortete Petra, „der Oberstleutnant hat es angedeutet."

„Na dann, viel Spaß", sagte der Gerichtsmediziner, „den kompletten Bericht bekommst du umgehend."

„Danke, Dok", erwiderte Petra, „und arbeite an deinen schlechten Manieren."

„Mache ich auf jeden Fall, liebe Petra", sagte der Doktor augenzwinkernd, „schließlich möchte ich ja einmal so werden wie du."

„Du bist unverbesserlich", erwiderte Petra, und mit einem „komm, wir gehen" forderte sie ihre junge Kollegin auf, ihr zu folgen.

*****

Als Oblt Schlesinger am nächsten Morgen den Raum betrat, wurde er schon sehnlichst erwartet.

„Was war es dieses Mal? Verschlafen? Bus verpasst? Den Eingang nicht gefunden?"

Es war schon eine liebe Gewohnheit zwischen Major Misek und ihrem etwa gleichaltrigen Kollegen geworden, diese Art der Unterhaltung zu führen.

„*Nichts von alledem, verehrte Frau Major*", antwortete Gerry Schlesinger, „*ich war schon fleißig.*"

„*Lass mich raten, Gerry*", erwiderte Petra, „*du warst beim Fleischhauer und hast dir eine Leberkässemmel gekauft.*"

„*Knapp daneben, liebste Petra*", sagte Gerry, „*ich komme von den Kollegen der Spusi.*"[1]

„*Und hast du uns etwas mitgebracht?*", fragte Petra.

„*Einen Sack voller Enttäuschungen*", antwortete Gerry. „*Sie haben die Wohnung der Ermordeten auf den Kopf gestellt; aber nichts Verwertbares gefunden.*"

„*Und was ist mit dem Bekennerschreiben, wenn man den Zettel überhaupt so nennen kann?*", fragte Petra weiter.

„*Ebenfalls eine Nullnummer*", antwortete Gerry.

„*Na, prima!*"

Lt Wieland schaute erwartungsvoll in das Gesicht ihrer Vorgesetzten. Als von dieser keine Reaktion ausging, sagte Klara zaghaft:

„*Vielleicht sollte man die Nachbarn fragen.*"

---

[1] Spusi - Spurensicherung

„*Das ist eine brillante Idee, Kollegin Wieland*", sagte Gerry spöttelnd, was ihm umgehend einen Tadel durch Major Misek einbrachte.

„*Das kannst du dir sonst wohin stecken, Kollege Schlesinger. Oder hast du vergessen, dass du auch einmal ganz unten angefangen hast?*"

Die Schärfe in Petras Worten ließ Gerry zusammenzucken.

„*Und weil du ja so ein erfahrener Krimineser[2] bist, fährst du jetzt mit deiner jungen, aufstrebenden Kollegin in die Wohnung der Ermordeten und siehst dich mit ihr um. So kann sie bestimmt etwas von dir lernen.*"

„*Was für eine wunderbare Idee, Frau Major*", erwiderte Gerry, „*das machen wir.*"

„*So mag ich das*", sagte Petra und fügte hinzu:

„*Kommt ja nicht ohne ein brauchbares Ergebnis zurück!*"

„*Dann komm, Klara*", sagte Gerry zu seiner Kollegin, „*lass uns auf die Jagd gehen.*"

Es war das erste Mal, dass Gerry seine Kollegin beim Vornamen nannte. Bisher hatte er es vorgezogen, sie mit dem Nachnamen anzusprechen.

---

[2] *Österr. Bezeichnung für einen Kriminalbeamten.*

Als sie zum Wagen gingen, überreichte Gerry Klara die Schlüssel mit den Worten:

„Du fährst!"

Klara nahm die Schlüssel entgegen und war überrascht. Sie hatte noch nie zuvor am Steuer des Dienstfahrzeugs gesessen.

„Darf ich Sie etwas fragen?", sagte Klara wenig später.

„Kommt darauf an", antwortete Gerry.

Klara wurde unsicher. Sie war jetzt schon ein paar Monate in der Abteilung und sie hatte sich von Anfang an bemüht, dazu zu gehören.

Aber bisher hatte sich dieses Gefühl nicht wirklich bei ihr eingestellt. Sie fasst sich ein Herz und sagte:

„Wenn ich etwas falsch mache, dann sagen Sie es mir ganz einfach, Herr Schlesinger."

Klara fühlte, wie ihr das Blut in den Kopf stieg. Vielleicht hätte sie das nicht sagen sollen.

Gerry wandte sich seiner Kollegin zu. Er bemerkte Klaras Aufgeregtheit, und sie tat ihm fast ein wenig leid.

„Verehrte Kollegin, du machst überhaupt nichts falsch. Es tut mir leid, dass ich manchmal etwas rup-

pig bin; aber das ist nun einmal mein Naturell. Du bist eine sympathische und liebe Kollegin, und für meine dumme Bemerkung von vorhin möchte ich mich bei dir entschuldigen."

Klara war überrascht und erleichtert zugleich über diese Worte.

„Jetzt möchte ich dich etwas fragen, Klara", fuhr Gerry fort. *„Aber nur, wenn es dir recht ist."*

„Natürlich, Herr Schlesinger", gab Klara rasch zur Antwort.

„Genau um den geht es, Klara", antwortete Gerry, *„glaubst du, ich könnte dir ungestraft das DU-Wort anbieten?"*

Klara musste lachen. Das war genau die Art Humor, die ihr bisher so sehr zu schaffen gemacht hatte. Aber plötzlich sah alles ganz anders aus. Es schien fast so, als könnte er ihr gefallen.

„Das wäre wunderbar", antwortet Klara beinahe euphorisch. Es war, als hätte jemand die Tür in den inneren Kreis der Abteilung für sie aufgestoßen. Sie schritt mutig hindurch und fügte noch schnell hinzu:

„Vielen Dank, Gerry!"

*****

Die Wohnung von Siglinde Lempp bestand aus zwei Zimmern, Küche und Bad. Sie lag in einem Mehrfamilienhaus, in dessen näherer Umgebung sich mehrere Heurige befanden.

„Was hältst du davon, wenn wir uns nachher ein Glaserl Wein und eine ordentliche Hauerjause vergönnen?", fragte Gerry, worauf Klara ihn voller Entsetzen anschaute.

„Das geht doch nicht, Gerry", antwortete Klara entrüstet, *„wir sind doch im Dienst."*

Das verschmitzte Lächeln von Gerry machte ihr jedoch umgehend klar, dass sie einem Pflanz[3] aufgesessen war.

„Du bist wirklich schlimm", sagte Klara, ebenfalls lächelnd und sich nicht bewusst darüber, dass sie in kürzester Zeit die Kluft zwischen ihnen überwunden hatte, die noch vor gar nicht so langer Zeit zwischen ihnen stand.

Sie hatten inzwischen die Wohnungstür aufgeschlossen und waren eingetreten, als hinter ihnen ein älterer Mann ebenfalls die Wohnung betreten wollte.

„Halt! Sie dürfen nicht herein", sagte Klara energisch, *„das ist ein Tatort."*

---

[3] *Österr. für Schwindel*

25

„Das weiß ich, junge Dame", erwiderte der Mann, *„ich wollte nur fragen, ob Sie den Kerl schon geschnappt haben, der das getan hat."*

Bevor Klara den Mann wegschicken konnte, mischte sich Gerry ein.

„Wie heißen Sie, guter Mann, und in welchem Verhältnis standen Sie zu der Toten?"

„Ich heiße Kirchner Toni und ich hatte kein Verhältnis mit der Toten", antwortete der Mann.

„Das meinte ich nicht, Herr Kirchner", sagte Gerry, *„ich wollte nur wissen, ob Sie die Tote näher kannten."*

„Natürlich, Herr Kommissar", erwiderte der Mann, *„schließlich sind wir ja Nachbarn und wir mögen uns."*

„Waren", korrigierte Klara den Mann, *„nicht sind"*.

„Es muss ja nicht aufhören, dass man jemand mag, wenn man tot ist", versuchte der Mann die Dinge richtigzustellen.

Ein kurzer Blick von Gerry genügte, um ein weiteres Bemühen um die Grammatik seitens Klara zu unterbinden.

„Dann kommen Sie ruhig herein, Herr Kirchner."

Mit diesen Worten lud Gerry den Nachbarn der Toten ein, näherzutreten.

„Ich bin übrigens Oberleutnant Schlesinger und dieses bezaubernde Wesen ist Leutnant Wieland."

„Sie sind gar nicht von der Polizei?", fragte der Mann überrascht.

„Doch, doch", antwortete Gerry, *„aber bei der Polizei gibt es auch Dienstgrade, wie man sie beim Militär kennt."*

Toni Kirchner gab sich mit der Erklärung zufrieden, obwohl er das irgendwie seltsam fand.

Gerry betrachtete den Mann etwas genauer. Er überlegte, wie alt sein Gegenüber wohl sein könnte, und noch bevor er zu einem Ergebnis kam, hörte er den Mann sagen:

„Ich bin jetzt 83 Jahre alt; aber das gab es früher nicht."

„Was meinen Sie, Herr Kirchner?", fragte Gerry.

„Das mit den gleichen Dienstgraden", antwortete Herr Kirchner, dem die Angelegenheit keine Ruhe zu lassen schien.

Gerry erwog für einen kurzen Moment, dem Mann zu widersprechen, unterließ es aber. Stattdessen sagte er:

„Ich hätte eine große Bitte an Sie."

Skepsis lag im Blick von Herrn Kirchner, als er dies hörte. Gespannt wartete er auf weitere Ausführungen.

„Würden Sie sich bitte in aller Ruhe in der Wohnung umschauen, ob etwas fehlt oder ob irgendetwas anders ist wie früher?"

Die Skepsis von Herrn Kirchner war zwischenzeitlich auch auf Klara übergesprungen. Sie verstand nicht, was ihr Kollege damit bezwecken wollte.

„Das kann ich machen, wenn Sie wollen. Aber ich weiß nicht, ob ich Ihnen damit helfen kann".

Klara sah erst Herrn Kirchner an, und dann wanderte ihr fragender Blick zu Gerry.

„Vielen Dank, Herr Kirchner", sagte Gerry, *„und nehmen Sie sich so viel Zeit wie Sie wollen."*

Herr Kirchner begann der Bitte des komischen Polizisten nachzukommen. Er ging von Zimmer zu Zimmer und betrachtete jeden einzelnen Gegenstand und die gesamte Möblage mit äußerster Genauigkeit.

Klara fragte sich gerade, ob sich Gerry nicht einen Scherz mit dem alten Mann erlaubte, was sie auf das Schärfste verurteilen würde.

Plötzlich hielt Herr Kirchner inne. Er deutete auf ein Bild, welches an der Wand im Wohnzimmer hing und sagte:

„Dieses Bild ist neu. Das hing vor ein paar Tagen noch nicht hier."

Das besagte Bild zeigte eine Bergidylle, wie sie in Kaufhäusern und Baumärkten in großer Zahl zum Kauf angeboten wird.

„Sind Sie ganz sicher?", fragte Gerry, worauf Herr Kirchner antwortete:

„Zu 200 Prozent. Siglinde hasste die Berge."

Klara wollte gerade ansetzen, dem alten Mann zu erklären, dass es mehr als 100 Prozent nicht gibt, als Gerry rechtzeitig weiter fragte:

„Hing da vorher ein anderes Bild?"

Herr Kirchner nickte.

„Und was für eines?"

Gerrys Adrenalin-Spiegel stieg sprunghaft an.

„Ein Foto. Lauter Weiberleut und ein Gschrapp[4] waren drauf."

---

[4] *Kleines Kind*

Diese Worte, die aus einer anderen Zeit stammten, ließen nun auch Klara die Ohren spitzen.

Gerry ging zu dem Bild und nahm es ab. Zuvor hatte er noch Handschuhe angezogen, um keine Spuren zu verwischen.

Als er das Bild abgenommen hatte, zeigte sich ein heller Fleck, der den Konturen des Bildes zu entsprechen schien.

Er hielt es sicherheitshalber daneben und erkannte, dass die Größe des Bildes nicht den Maßen des hellen Flecks entsprach, welches von dem ursprünglichen Bild stammen musste.

„Sie sagten, auf dem Bild waren Frauen abgebildet und ein Kind", sagte Gerry aufgeregt, *„können Sie mir auch sagen, wie viele Frauen das waren und wie alt sie und das Kind waren?"*

Herr Kirchner sah Gerry an. Am Gesicht des alten Mannes konnte man sehen, dass er angestrengt nachdachte.

„Vier, vielleicht aber auch fünf oder sechs", kam schließlich die erlösende Antwort von Herrn Kirchner, *„aber genau wissen tu ich das nicht."*

„Und wie alt ungefähr?", setzte Gerry nach.

„Mittelalter, schätze ich", antwortete Herr Kirchner, *„vielleicht vierzig oder so."*

„*Und das Kind?* "

„*Zehn, zwölf* ", antwortete Herr Kirchner, „*ich weiß es nicht.* "

Die letzten Worte des alten Mannes ließen einen gewissen Unmut erkennen. Die Fragerei begann ihm unangenehm zu werden.

Gerry hatte es bemerkt und sagte in einschmeichelndem Tonfall:

„*Sie wissen gar nicht, wie sehr Sie uns damit helfen, lieber Herr Kirchner. Das ist großartig.* "

Die Worte verfehlten nicht ihre Wirkung. Ein Lächeln trat auf Herrn Kirchners Gesicht.

„*Es freut mich, dass ich Ihnen helfen konnte* ", erwiderte Herr Kirchner, nicht ohne einen gewissen Stolz, was Gerry veranlasste zu sagen:

„*Eine letzte Frage noch, Herr Kirchner. Kannten Sie eine der Damen auf dem Bild?* "

„*Nein* ", antwortete Herr Kirchner.

„*Dann danken wir Ihnen für Ihre Mithilfe* ", sagte Gerry, drückte Herrn Kirchner seine Visitenkarte in die Hand und fügte hinzu:

„*Wenn Ihnen noch etwas einfällt, dann rufen Sie uns bitte an.* "

Danach gab er Herrn Kirchner die Hand und komplimentierte ihn bei der Tür hinaus.

„Was sagst du jetzt?"

Gerry genoss diese Frage, die er an Klara gestellt hatte. Das Gefühl des „alten Hasen", der sein Handwerk versteht, erfüllte seine ganze Brust.

„Das war unglaublich, Gerry", antwortete Klara, der die Kurzfassung von Gerrys Namen in diesem Augenblick mehr als angebracht schien.

*****

Die Untersuchung des Bildes im Labor brachte kein verwertbares Ergebnis. Vom Opfer gab es erwartungsgemäß keinen Abdruck und die Abdrücke, welche vorhanden waren, konnten nicht zugeordnet werden.

„Ich habe uns Hilfe geholt."

Mit diesen Worten deutete Major Misek auf eine Frau, die bei der Teambesprechung dazugekommen war.

Eine sehr interessante Erscheinung: Schwarze Haare, straff nach hinten gekämmt und zu einem Knoten gebunden, dunkle Augen und rot geschminkte Lippen.

„Das ist Frau Dr. Treschko, Psychologin und eine sehr liebe Freundin von mir aus meiner Zeit in Wien."

Die beiden Frauen nickten einander zu. Man konnte gut erkennen, dass zwischen ihnen eine starke Verbindung vorhanden war.

„Grüß Gott und vielen Dank, liebe Petra!"

Wüsste man nicht, dass Major Misek verheiratet war und auch Kinder hatte, hätte man durchaus denken können, dass die Frauen mehr als nur Freundschaft verband.

Die Psychologin schaute in das Gesicht jedes Einzelnen, bevor sie fortfuhr.

„Wir haben es hier mit einer sehr speziellen Art von Verbrechen zu tun. Frau Misek hat mich bereits mit den Einzelheiten vertraut gemacht.

Die Art, wie der Tatort hergerichtet war und der Austausch des Bildes an der Wand, lassen erste Schlüsse zu.

Die Torte auf dem Tisch und das teilweise verzehrte Stück auf dem Teller des Opfers deuten darauf hin, dass das Opfer mit einer Person am Tisch saß, welche ihr bekannt war.

Die restliche Torte lässt erkennen, dass ein zweites Stück der Torte abgeschnitten worden ist, welches jedoch nicht gefunden wurde.

Der Täter oder die Täterin muss dieses Stück, nebst Teller und Gabel, mitgenommen haben."

An dieser Stelle unterbrach Lt Wieland die Vortragende.

„Deuten Giftmorde im Allgemeinen nicht darauf hin, dass der Täter weiblich war?"

Die Psychologin lächelte und antwortete:

„Frau…"

„Das ist Lt Wieland", informierte Petra ihre Freundin, nicht ohne einen strafenden Blick in Richtung Klara schickend.

„Das ist ein weitverbreitetes Klischee, Frau Wieland", beantwortete die Psychologin den Einwand von Klara, *„es gibt kein spezifisches Tätermuster.*

Die Vorgehensweise des Täters bzw. der Täterin deutet darauf hin, dass ein Racheakt vorliegt, der bis ins Detail geplant und durchgeführt wurde.

Ich vermute, dass das verschwundene Bild sowohl Opfer als auch Täter zeigt."

„Heißt das, dass wir den Mörder haben, wenn wir das Bild finden?"

Und wieder war es Klara, welche die Frage gestellt hatte.

„*Ich denke, so könnte man das durchaus sagen, Frau Wieland*", antwortet die Psychologin.

„*Erkennen Sie auch schon ein Motiv für den Mord?*"

Gerry war die ganze Zeit über aufmerksam den Worten von Frau Dr. Treschko gefolgt. Er war von ihren Ausführungen gleichermaßen fasziniert wie von ihrer Erscheinung.

„*Ich meine, wie passt die Geschichte mit der Torte ins Bild*", fügte er eilig hinzu, als er bemerkte, dass seine Frage nach dem Motiv ja schon von der Psychologin vorab beantwortet worden war.

„*Das kann ich zum jetzigen Zeitpunkt noch nicht einordnen*", antwortete die Psychologin, „*aber es verleiht der Angelegenheit eine ganz besondere Note. Finden Sie nicht auch?*"

„*Unbedingt*", antwortete Gerry, der wohl zu allem JA und AMEN gesagt hätte, wenn die Frage von dieser außergewöhnlichen Frau gekommen wäre.

„*Das soll es fürs Erste gewesen sein, Herrschaften*", sagte Major Misek und beendete damit den Vortrag ihrer Freundin.

Dann wandte sie sich an die Psychologin.

„Vielen Dank, liebe Ella, für diese interessanten Einblicke. Ich möchte dich bitten, mich noch in mein Büro zu begleiten."

Und zu ihren beiden Kollegen gewandt:

„Ihr kümmert euch um Hintergrundinformation. Familiäre Verhältnisse der Toten, Gewohnheiten und Befragung weiterer Hausmitbewohner, das volle Programm."

Gerry sah den beiden Frauen nach, als sie den Raum verließen. Und als ob Klara seine Gedanken gelesen hätte, sagte sie:

„Eine tolle Frau, diese Frau Doktor…"

„Das kannst du laut sagen", bestätigte Gerry Klaras Bemerkung, wobei seine Worte schon einem leichten Stöhnen glichen.

„Was glaubst du?", fragte Klara, *„suchen wir einen Mann oder eine Frau?"*

„Ich habe keine Ahnung", antwortete Gerry, *„vielleicht war es ja ein Außerirdischer."*

Da war er wieder, dieser Humor, den Klara nicht verstand und den sie nicht mochte.

*****

„Ist dir aufgefallen, dass du einen Verehrer hast?"

Petra und Ella waren inzwischen in Petras Büro angekommen.

„Du meinst jetzt aber nicht deinen Kollegen", erwiderte die Psychologin.

„Genau den meine ich", antwortete Petra. *„Oblt Gerry Schlesinger, geschieden und zu haben."*

„Du weißt aber schon, dass sich mein Geschmack nicht geändert hat, liebste Petra", antwortete Ella.

„Wie könnte ich das je vergessen", antwortete Petra, deren Wangen sich gerade leicht röteten. Während ihrer gemeinsamen Zeit an der Universität in Wien hatten sich die beiden kennengelernt.

Petra hatte ein Jurastudium begonnen und Ella studierte Psychologie. Sie waren sich anlässlich einer Party über den Weg gelaufen und sie waren sich noch in derselben Nacht nähergekommen.

Es war damals die Zeit des Ausprobierens. Alkohol und Haschisch waren ständige Studienbegleiter und eine Gelegenheit, Party zu machen, fand sich fast jeden Abend.

Während die Erfahrung jener Nacht für Petra eine Ausnahme darstellte, war es für Ella der Beginn eines Weges, dem sie fortan treu geblieben ist.

Die Freundschaft der beiden Frauen, welche damals begonnen hatte, blieb jedoch aufrecht, und wenn sie später auch nur lose gepflegt wurde, so hatte sie dennoch Bestand.

„Ich freue mich so, dass du da bist", sagte Petra, *„auch wenn die Umstände etwas makaber zu sein scheinen."*

„Ich freue mich auch", erwiderte Ella. *„Wie geht es deinen drei Männern?"*

Ella spielte damit auf Petras Ehemann und ihre beiden Söhne an.

„Alles im grünen Bereich", antwortete Petra, *„und was gibt es bei dir?"*

„Nichts dauerhaft Verwertbares", antwortete Ella, *„die einzige Frau, dich ich je wirklich geliebt habe, hat meine Liebe verschmäht.*

Und so hüpfe ich von Blüte zu Blüte und sammle den süßen Nektar der Liebe."

„Du bist noch genauso verrückt wie damals", sagte Petra, stand auf und umarmte ihre Freundin.

„Contenance[5], meine Liebe!", sagte Ella scherzhaft, *„wenn uns jemand sieht."*

---

[5] *Frz. für Zurückhaltung*

„*Kein Problem, liebste Freundin*", gab Petra lachend zurück, „*ich bin schließlich hier der Boss.*"

„*Was denkst du*", fragte Petra, „*haben wir eine Chance, den Täter zu fassen?*"

„*Schwer zu sagen*", antwortete Ella, „*ich vermute, wir haben es mit einem klugen Kopf zu tun, der sehr gewissenhaft plant und ausführt.*

Du sagtest doch, es gibt noch weitere Fälle dieser Art. Vielleicht sollten wir diese mit einbinden, um ein genaueres Bild zu erhalten. Und schließlich gibt es keinen perfekten Mord, wie wir beide wissen."

„*Ja*", antwortete Petra, „*bisher sind es noch zwei andere Morde. Einer in Dornbirn und einer in Eisenstadt.*"

„*Und nach demselben Muster wie unser Fall?*", fragte Ella.

„*Ja*", antwortete Petra, „*Die Akten sind unterwegs zu uns. Sobald ich sie habe, kann ich dir mehr dazu sagen.*"

„*Gehen wir am Abend etwas zusammen trinken?*"

„*Auf jeden Fall*", antwortete Petra, „*wir müssen unser Wiedersehen doch feiern.*"

*****

Création
Petra Misek

Dobostorte

Zutaten:
6 Eier
170 g Zucker
1 Pck Vanille Zucker
150 g glattes Mehl
1 KL Backpulver

Zum Verzieren:
50 g Raspelschokolade
Vorbereitet Tortenstücke

Zum Karamellisieren:
200 g Zucker

Füllung:
250 g Butter
200 g Staubzucker gesiebt
30 g Kakao gesiebt
1 Dotter
200 erweichte Schokolade
1 Röhrchen Rum Aroma

Zubereitung:

Eier mit Zucker und Vanille Zucker mit dem Handmixer (Rührstäbe) cremig aufschlagen. Mehl mit Backpulver vermischen, darüber sieben und mit dem Kochlöffel unterheben. 4 EL von der Masse (24 cm Ø) auf ein mit Backpapier ausgelegtes Backblech rund aufstreichen. Das Blech in die untere Hälfte des vorgeheizten Rohres schieben. Ober-/Unterhitze 200 °C Heißluft 180 °C

Backzeit: ca. 10 Minuten

Diesen Vorgang noch 6-mal wiederholen.

Zum Karamellisieren den Zucker unter Rühren erhitzen und goldgelb karamellisieren. Den Karamell mit einem befetteten Messer auf eine Tortenplatte streichen und mit einem befetteten Messer sofort in 12 gleiche Stücke schneiden.

Für die Schokocreme die Butter mit dem Handmixer (Rührstäbe) schaumig rühren. Die übrigen Zutaten der Reihe nach dazugeben. Die Tortenböden mit 2/3 der Creme zusammensetzen und mit Creme abschließen. Einen Teil der übrigen Creme in einen Spritzbeutel mit kleiner Sterntülle füllen; etwas Creme für den Rand zur Seite geben.

Die Torte in 12 Stücke teilen und auf jedes Stück eine Cremespirale spritzen. Den Tortenrand mit Creme bestreichen und mit Raspelschokolade bestreuen. Die glasierten Tortenstücke jeweils schräg an die Cremespiralen legen.

*****

Die Akten aus den anderen Bundesländern bestätigten, dass es sich bei allen Opfern um denselben Täter handelte.

Wieder war eine Torte im Spiel, und wieder lag das Bekennerschreiben beim Opfer.

„Was habt ihr herausgefunden? Ich will Ergebnisse.“

Major Misek ließ eine gewisse Ungeduld beim morgendlichen Brainstorming[6] erkennen.

Oblt Schlesinger aktivierte den Wandmonitor und las vor:

„Unser Opfer in Mauternbach heißt Siglinde Lempp, 74 Jahre alt, verwitwet, keine Kinder.

Die weitere Befragung in der Nachbarschaft brachte keine zusätzlichen Erkenntnisse.

Der Tod erfolgte durch Gift; aber das ist ja schon bekannt.“

„Und was ist mit den Opfern in Dornbirn und in Eisenstadt?“, fragte Major Misek.

---

[6] *Verfahren, durch Sammeln von spontanen Einfällen der Mitarbeiter(innen) die Lösung für ein Problem zu finden.*

„Dazu komme ich gleich", antwortete Oblt Schlesinger.

Auf dem Wandmonitor wurden die Bilder der beiden anderen Opfer eingeblendet.

„Das linke Bild zeigt Marianne Czerny, 76 Jahre, geschieden, zwei Töchter, aus Dornbirn, und auf dem rechten Bild haben wir Eveline Maurer, 72 Jahre, ledig, keine Kinder, aus Eisenstadt."

„Liegt der gerichtsmedizinische Bericht der beiden Opfer vor?", fragte Dr. Treschko, die ebenfalls zugegen war, worauf Oblt Schlesinger antwortete:

„Den kann ich gleich ausdrucken, wenn Sie möchten."

„Mach das bitte, Gerry, und zwar für jeden von uns."

Petra schien wieder etwas umgänglicher zu sein. Das lag wohl daran, dass beim zweiten Opfer Verwandte zur Verfügung standen, die man befragen konnte.

„Kannst du schon etwas dazu sagen?"

Die Frage von Petra ging an die Psychologin, worauf diese antworte:

„Gib mir etwas Zeit, bis ich den gerichtsmedizinischen Bericht gelesen habe."

43

Petra nickte und wandte sich dann an Gerry.

„Wir beide machen einen Ausflug nach Dornbirn."

Gerrys gewöhnungsbedürftiger Humor ließ nicht lange auf sich warten. Mit unschuldiger Miene fragte er:

„Muss ich da eine zweite Unterhose zum Wechseln mitnehmen?"

„Ja, mein Lieber", antwortete Petra, *„außerdem Zahnbürste, Pyjama und frische Socken."*

„Pyjama brauche ich nicht", erwiderte Gerry, *„ich schlafe nackt."*

„Da bin ich aber froh, dass wir zwei Einzelzimmer haben werden", sagte Petra schmunzelnd.

„Und wann fahren wir?", fragte Gerry.

„Gleich nach dem Mittagessen", antwortete Petra. *„Also genug Zeit, ein paar notwendige Dinge zu packen."*

„Dann bleiben wir zwei Nächte?", fragte Gerry.

„Das könnte dir so passen", antwortete Petra, *„wir fahren morgen Abend wieder zurück."*

„Schade", erwiderte Gerry, *„Dornbirn soll sehr schön sein."*

„Für dich habe ich auch eine Aufgabe", wandte sich Petra nun an Klara. *„Du fährst für erste Recherchen nach Eisenstadt."*

„Ganz allein?", fragte Klara, und in ihrer Stimme klang ein wenig Angst mit.

„Wieso? Fürchtest du dich etwa?"

„Nein", erwiderte Klara schnell, *„ich frag ja nur."*

„Keine Angst, Klara", sagte Petra, *„frag doch die Frau Doktor. Vielleicht mag sie dich begleiten, wenn du sie lieb darum bittest."*

Jetzt mischte sich die Psychologin ein. Sie hatte die Situation längst erkannt und Klara tat ihr fast leid.

„Ich würde Frau Wieland sehr gern begleiten, wenn es ihr recht wäre."

„Das würde mich sehr freuen, Frau Dr. Treschko."

Klaras Antwort sprühte vor Begeisterung. Sie lächelte die Psychologin dankbar an und diese erwiderte es.

„Dann ist ja alles klar", sagte Petra, *„dann lasst uns auf die Jagd gehen und fette Beute machen."*

*****

Petra war nicht überrascht, als Gerry Stunden später neben ihr im Auto saß und diese Frage stellte:

„Weißt du, ob Dr. Treschko verheiratet ist?"

Damit begann ein Frage- und Antwortspiel mit einem für Gerry überraschenden Ausgang.

„Ist sie nicht", antwortete Petra.

„Hat sie vielleicht einen Lebenspartner oder Freund?"

„Soviel mir bekannt ist, lebt sie allein."

Diese Antwort von Petra zauberte ein erwartungsvolles Strahlen in Gerrys Gesicht.

„Könntest du dir vorstellen, dass ich bei ihr landen kann?"

Gerry setzte mit dieser Frage alles auf eine Karte.

„Ganz sicher nicht, Gerry."

Erwartung und Hoffnung wichen mit einem Schlag und Entsetzen trat an ihre Stelle. Gerry schluckte. Es kostete ihn sehr viel Überwindung eine letzte Frage zu stellen.

„Und sagst du mir auch, warum?"

Petra sah Gerry mit einem unverschämten Grinsen an. Man hätte beinahe den Eindruck gewinnen können, sie würde die Situation genießen.

Gerrys Blutdruck stieg gerade ins Unermessliche. Er starrte Petra einfach nur an, unfähig in Worte zu fassen, was gerade in ihm vorging.

Er kannte Petra nun schon so viele Jahre; aber er hätte nie gedacht, dass sie zu einer solchen Gemeinheit fähig wäre.

Sie hätte ihm auch mit etwas mehr Feingefühl sagen können, dass er nicht der Typ Mann ist, auf den Ella steht.

„Du hast das falsche Geschlecht, Gerry", sagte Petra, und es dauerte eine geraume Weile, bis sich Gerry der Bedeutung dieser Worte bewusst wurde.

„Das war gemein von dir", sagte Gerry, dessen Blutdruck gerade wieder auf einen gesunden Level absank. *„Das hättest du mir gleich sagen können."*

„Aber dann hätte es nicht so viel Spaß gemacht", erwiderte Petra lachend.

Sechs Stunden später waren sie am Ziel und checkten in ihrem Hotel ein. Die Zimmer hatten sie bereits von der Dienststelle aus gebucht.

*****

Nach dem Frühstück erkundigte sich Petra an der Rezeption nach der Adresse von Gerda Czerny, dem zweiten Opfer der Mordserie.

Der junge Mann lachte und sagte:

„Ich nehme an, Sie sind zum ersten Mal in Dornbirn."

„Das stimmt", antwortete Petra, *„aber warum sagen Sie das."*

„Weil die Straße, nach der Sie mich fragen, nur wenige Meter von hier liegt. Wenn sie vor das Hotel treten, zwei Mal nach links und schon sind Sie da."

Jetzt musste auch Petra lachen.

„Das nenne ich eine Punktlandung", sagte sie und fragte:

„Sagt Ihnen der Name <Marianne Czerny> vielleicht etwas?"

„Sie meinen die alte Frau, die ermordet wurde", antwortete der junge Mann, *„die war gelegentlich mit ihrer Tochter in unserem Restaurant zu Gast."*

Petra wurde hellhörig.

„Kannten Sie die Frau persönlich?"

„*Das eher nicht*", antwortete der junge Mann, „*aber ihren Enkel Thomas kenne ich. Das ist ein Kollege von mir. Er arbeitet im Restaurant als Kellner.*"

„*Hat der heute Dienst?*", fragte Petra.

„*Das weiß ich nicht*", antwortete der junge Mann, „*da müssen Sie den Restaurantleiter, Herrn Liebig, fragen.*"

Petra bedankte sich bei dem freundlichen Rezeptionisten und machte sich dann mit Gerry auf den Weg zur Wohnung der Ermordeten.

Als sie angekommen waren, entdeckten sie, dass das Siegel an der Wohnungstür aufgebrochen war, hingegen die Tür selbst jedoch verschlossen.

Gerry steckte den Schlüssel, den er noch am Abend davor von den ortsansässigen Kollegen besorgt hatte, ins Schloss und sperrte auf.

Die beiden sahen auf den ersten Blick, dass die Wohnung durchwühlt worden war.

„*Ist der Täter vielleicht noch einmal zurückgekommen?*", fragte Gerry.

„*Das glaube ich nicht*", antwortete Petra, „*das sieht eher danach aus, als hätte jemand nach Wertgegenständen gesucht.*"

„*Denkst du an jemanden bestimmten?*", fragte Gerry.

Petra wiegte ihren Kopf hin und her und sagte dann:

„*Das nicht; aber ich könnte mir vorstellen, dass jemand aus der Verwandtschaft herumgestöbert hat.*"

„*Wieso glaubst du das?*"

„*Schau dir einmal die Einrichtung etwas genauer an*", erwiderte Petra, „*das sieht mir recht kostspielig aus. Arm war die alte Dame ganz sicher nicht.*"

„*Glaubst du, die sind echt?*", fragte Gerry und deutete auf die Bilder an der Wand.

„*Weiß ich nicht*", sagte Petra, „*aber auch wenn es nur Drucke sind, so können selbst die recht teuer sein.*"

Vor dem Fenster im Wohnzimmer stand ein Flügel, und darauf befanden sich mehrere Bilder in silbernen Rahmen.

„*Das sind wohl Familienbilder*", sagte Gerry, „*vielleicht von den Töchtern.*"

„*Und das könnte der Enkel sein, von dem der Mann an der Rezeption gesprochen hat.*"

Petra hatte eines der Bilder in die Hand genommen und es näher betrachtet. Es zeigte einen jungen Mann in einem Sportwagen.

„Omas Liebling", sinnierte Petra, *„mit einem teuren Hobby. Und das mit dem Gehalt eines Kellners."*

„Wir müssen dringend mit den Töchtern und dem lieben Enkel sprechen", sagte Petra, *„veranlasse, dass die Herrschaften aufs Revier kommen. Und zwar umgehend."*

*****

Im Gegensatz zu der Fahrt nach Dornbirn, dauerte die Fahrt von Lt Wieland und Dr. Treschko noch nicht einmal zwei Stunden.

So richtig wohlfühlte sich Klara nicht. Ihre Begleiterin löste ein wenig Unbehagen bei ihr aus.

Die Medizinerin dürfte das bemerkt haben, denn plötzlich sagte sie:

„Da ich die Ältere von uns beiden bin, und da wir jetzt ja quasi ein Team bilden, bin ich dafür, dass wir uns duzen. Geht das in Ordnung, Klara?"

Klara war völlig überrascht. Das hätte sie als Letztes erwartet. Eine studierte Frau, im Gegensatz zu

Klara vor Selbstbewusstsein nur so strotzend, bot ihr das DU-Wort an.

„Das wäre mir eine große Ehre, Frau Doktor", erwiderte Klara, worauf Ella antwortete:

„Den Doktor lassen wir schnell weg, ich heiße Ella."

„In Ordnung, Ella", erwiderte Klara, *„und ich heiße Klara."*

Ella musste lächeln. Sie mochte ihre junge Begleiterin.

„Bist du gern Polizistin?"

Klara hatte Ellas Frage wohl verstanden, antwortete aber nicht sofort.

„Wieso fragt sie mich das jetzt?", ging es Klara durch den Kopf und das Unbehagen, das sie gerade noch überwunden geglaubt hatte, war plötzlich wieder da.

„Wenn dir die Frage unangenehm ist, so musst du nicht darauf antworten, wenn du nicht möchtest", sagte Ella, wodurch das Unbehagen von Klara weiter anwuchs. Konnte diese Frau ihre Gedanken lesen?

„Als junge Frau habe ich auch mit dem Gedanken gespielt, zur Polizei zu gehen. Die Vorstellung, gegen das Unrecht zu kämpfen, hat mich damals fasziniert.

Aber dann ist es doch die Medizin geworden. Ich habe mich damit einer Familientradition gebeugt. Großvater Mediziner, Mutter Medizinerin, daran kam ich einfach nicht vorbei."

Ella lächelte, als sie das sagte. Die Worte von ihr hatten bewirkt, dass sich Klaras Unbehagen in Luft aufgelöst hatte.

"Das ist lustig", antwortete Klara, *"bei mir war das ähnlich. Mein Vater war Polizist. Ich habe als Kind auf seinem Schoß gesessen und dann durfte ich seine Uniformmütze aufsetzen. Das war schön..."*

"Was macht dein Vater jetzt?", fragte Ella, *"ist er schon in Pension?"*

"Mein Vater ist tot", antwortete Klara, *"Krebs."*

"Das tut mir leid", sagte Ella, die überrascht war, dass Klara den Tod des Vaters ihr ohne eine zu erwartende Emotion mitgeteilt hatte.

"Leben deine Eltern noch?", fragte Klara.

"Ja", antwortete Ella, *"und es geht ihnen gut. Meine Mutter praktiziert noch und mein Vater pflegt sein Hobby. Er ist wesentlich älter als meine Mutter und schon im Ruhestand."*

"Was macht dein Vater?", fragte Klara.

„*Er ist ein leidenschaftlicher Hobby-Imker*", antwortete Ella. „*Magst du Honig?*"

„*Sehr sogar*", antwortete Klara.

„*Dann bringe ich dir einmal ein Glas mit*", sagte Ella und Klara bedankte sich.

Kurz darauf trafen sie in Eisenstadt ein und fuhren direkt zum Kommissariat.

*****

Création
Petra Misek

Esterhazytorte

Zutaten:
200 ml Milch
50 g Staubzucker
2 Stk Eidotter
1 Pck Vanillezucker
250 ml Schlagobers
3 EL Marillenmarmelade
5 EL Schokolade flüssig
1 Pck Haselnüsse geröstet
1 Pck Puddingpulver
    Vanille

Zutaten für den Boden:
250 g Eiweiß (ca. 7 Eier)
240 g Staubzucker
220 g Walnüsse gerieben
50 g Mehl
50 g Butter
Zutaten für die Glasur:
80 g Marillenmarmelade
2 cl Rum
300 g Fondant weiß
1 EL Kakaopulver

Zubereitung:

Eiweiß gut aufschlagen und den Zucker einrieseln lassen. Die Walnüsse, Mehl und die zerlassene Butter unterheben - die daraus entstandene Teigmasse auf 5 dünne, runde (ca. 30 cm Durchmesser) Teile auf ein Backblech mit Backpapier streichen und für ca. 10-15 Minuten bei 200 Grad backen. Das sind unsere Tortenböden.

Das Puddingpulver mit etwas Zucker vermischen, mit einem Schuss kalter Milch und Eidotter verrühren.

Die restliche Milch mit dem Zucker und dem Vanillezucker aufkochen und das Puddingpulvergemisch einrühren und kurz aufkochen lassen.

Nach dem Auskühlen wird das Schlagobers in die kalte Puddingcreme gehoben.

Jetzt kann die Torte zusammengesetzt werden - beginnend mit einem Tortenboden, darauf die Creme streichen usw. bis alle Böden zusammengesetzt sind. Zum Schluss wird auch noch der Rand mit der Creme eingestrichen.

Abgeschlossen soll mit einem Tortenboden werden - dieser wird mit einer Marillenmarmelade und Rum, bestrichen. Dazu die Marmelade mit dem Rum in einem Topf erwärmen. Den Tortenboden damit bestreichen.

Fondant auf max. 37° erwärmen und über die Marmelade gießen. 3 EL aufheben für das abschließende Muster auf der Torte. Den Fondant rasch glatt streichen.

Damit das typische Esterhazymuster entsteht die 3 EL Fondant mit Schokolade verrühren. Mithilfe eines Papierstanitzels konzentrische Kreise zeichnen im Abstand von ca. 2 cm. Dann mit einem Messerrücken schnell im selben Abstand Querstreifen ziehen (wechselseitig zueinander).

Der Tortenrand kann auch noch mit Haselnuss- oder Walnussstücke verziert werden.

*****

Die Spurensicherung hatte erwartungsgemäß in der Wohnung von Marianne Czerny nichts Verwertbares gefunden.

Von den Kollegen vor Ort wussten Petra und Gerry, dass die eine Tochter in Griechenland lebte und die andere in Dornbirn, zusammen mit ihrem Sohn Thomas.

Die Verwandtschaft in Griechenland konnte als Täter ausgeschlossen werden, das hatten die Dornbirner Kollegen bereits telefonisch abgeklärt.

Blieben nur noch die andere Tochter und der Enkelsohn übrig. Beide waren auf das Revier einbestellt worden.

Gerry kümmerte sich um Gerda Czerny und Petra um deren Sohn Thomas. Gerda war unverheiratet und hatte Thomas allein großgezogen, jedoch mit tatkräftiger Unterstützung von Oma Marianne.

„Ich möchte Ihnen mein Beileid aussprechen zum Tod Ihrer Großmutter", begann Petra die Befragung, und sie war nicht wirklich über die Reaktion ihres Gegenübers erstaunt, als dieser ein emotionsfreies DANKE zur Antwort gab.

„Wie ich sehe, geht Ihnen der Verlust nicht sehr nahe", sagte Petra, *„das überrascht mich jetzt schon sehr, denn sie hat Ihnen ja schließlich Ihr Auto finanziert."*

„Wer hat das gesagt?", erwiderte Thomas heftig, sichtlich aus der Fassung gebracht.

„Das spielt keine Rolle", antwortete Petra, *„oder wollen Sie mir sagen, Sie hätten das Auto mit Ihrem mickrigen Gehalt als Kellner erworben."*

Petra wählte bewusst diese Worte, um Thomas zu verunsichern, was auch offenbar sehr gut funktionierte.

„Ich habe gespart", sagte Thomas trotzig, *„und den Rest hat mir die Bank dazugegeben."*

Petra hob den Telefonhörer ab und sagte:

„Wenn Sie mir den Namen der Bank sagen, dann kann ich das gleich überprüfen."

Thomas hatte erkannt, dass er sich in einer Sackgasse befand und erwiderte:

„Ist ja gut. Oma hat mir ein bisschen etwas dazugegeben."

Petra musste sich beherrschen, um nicht zu lächeln. Das vor ihr sitzendes Bündel geistiger Unbedarftheit machte ihr die Arbeit schon sehr leicht.

„Mochten Sie Ihre Großmutter?"

„Sehr", antwortete Thomas, worauf Petra sagte:

„Dann verstehe ich nicht, warum sie nach ihrem Tod die Wohnung nach Wertgegenständen durchwühlt haben. Es hat sie jemand dabei beobachtet."

„Das war ich nicht", sagte Thomas, „wenn sie das sagt, dann lügt sie."

Jetzt hielt es Petra nicht mehr zurück.

„Sie sind ja noch dümmer, als ich dachte", sagte sie lachend, „ich habe nicht gesagt, ob der Zeuge männlich oder weiblich war."

Thomas erkannte, dass er in eine Falle getappt war.

„Vielleicht hat sie ja nach Geld oder Schmuck gesucht", sagte er, um von sich abzulenken.

Petra reagierte nicht sofort darauf; doch ihr war klar, wen Thomas damit gemeint hatte.

„Das werde ich Ihre Mutter gleich fragen", sagte sie dann, „und Sie können vorerst einmal gehen. Aber vorher werden Sie noch erkennungsdienstlich erfasst."

Als Thomas von einem Beamten zum Erkennungsdienst gebracht wurde, ging Petra in den Nachbarraum, in welchem Gerry gerade Gerda, die Mutter von Thomas, befragte.

„Ihr Sohn hat sie gerade beschuldigt, die Wohnung Ihrer Mutter durchwühlt zu haben, um nach Wertge-

genständen zu suchen. Was sagen Sie dazu, Frau Czerny?"

Gerry drehte sich abrupt zu Petra um. Es war nicht üblich, dass ein zweiter Beamter die laufende Befragung eines Kollegen störte.

„Ich übernehme ab hier, Oblt Schlesinger", sagte Petra, *„es gibt neue Erkenntnisse, welche die hier anwesende Frau Gerda Czerny zur Hauptverdächtigen im Mordfall Gerda Czerny machen."*

Jetzt erst verstand Gerry, was seine Kollegin vorhatte. Er ließ sich sofort auf ihr Spiel ein und erwiderte:

„Jawohl, Frau Major. Ich werde mich sofort um einen Haftbefehl kümmern."

„Tun Sie das, Oblt Schlesinger. Und ein wenig plötzlich, wenn ich bitten darf."

Die Scharade zeigte Wirkung.

„Ich gebe ja zu, dass ich in der Wohnung war; aber ich habe meine Mutter doch nicht ermordet", gestand Gerda Czerny kleinlaut.

„Und? Was haben Sie dort gemacht?", fragte Petra in scharfem Ton.

„*Ich habe nur ein paar persönliche Gegenstände als Erinnerung mitgenommen*", antwortete Gerda Czerny."

„*Geht das auch etwas genauer?*", fragte Petra.

„*Einen alten Mantel und Fotoalben*", antwortete Gerda Czerny, „*nichts Wertvolles.*"

„*So, so*", sagte Petra, „*einen alten Mantel. Vielleicht einen Pelzmantel?*"

„*Einen Chinchilla*", antwortete Gerda, „*aber der ist schon alt.*"

„*Der Pelz interessiert mich nicht, aber die Fotoalben*", sagte Petra und fügte hinzu:

„*Ein Beamter wird Sie in Ihre Wohnung fahren und dem geben Sie alle Fotoalben mit, die sie aus der Wohnung entwendet haben.*"

„*Und was ist mit dem Pelz?*", fragte Gerda Czerny vorsichtig.

„*Der interessiert mich nicht*", antwortete Petra, „*und bleiben Sie zu Hause, bis wir uns wieder bei Ihnen melden.*"

„*Bin ich gar nicht verhaftet?*"

Die Frage kam sehr zögerlich, und als Petra ihre Frage mit NEIN beantwortete, verstand Gerda Czerny die Welt nicht mehr.

Gerry, der die Befragung durch Petra vom Raum dahinter verfolgt hatte, betrat das Befragungszimmer und sagte:

„Das war ein Oskar reifer Auftritt mit großer Wirkung. Glückwunsch!"

„Denkst du das Gleiche wie ich?", fragte Petra ihren Kollegen.

„Du meinst die Fotoalben?", erwiderte Gerry.

„Ja", antwortete Petra, *„vielleicht haben wir ja Glück."*

Wenig später brachte der Beamte, der Gerda Czerny nach Hause gefahren hatte, die gewünschten Fotoalben. Und als Petra mit Gerry die Alben anschaute, erlebten sie eine Überraschung.

Sie fanden neben Bildern der Toten auch Bilder von Siglinde Lempp, Eveline Maurer und weiteren Frauen. Und das gleiche Bild mit dem Kind aus der Wohnung des ersten Opfers, nur in Kleinformat.

„Ich denke, wir werden uns noch einmal mit der lieben Gerda unterhalten müssen; aber das machen wir morgen", sagte Petra.

„Heißt das, wir fahren heute gar nicht mehr zurück?", fragte Gerry, und als Petra keine Antwort auf diese überflüssige Frage gab, sagte Gerry weiter:

„Ich hätte vielleicht doch noch eine Unterhose mehr einpacken sollen."

„Du bist manchmal ein richtiger Hornochse", erwiderte Petra, *„weißt du das?"*

„Aber ein ganz lieber", sagte Gerry, *„das musst du zugeben."*

„Ich brauche jetzt ein Bier", sagte Petra. *„Wenn du willst, kannst du mich ja begleiten; aber du zahlst."*

„Und wenn ich nicht will?", fragte Gerry.

„Das ändert nichts daran, Oblt Schlesinger", antwortete Petra, *„es handelt sich schließlich um eine dienstliche Anordnung."*

„Jawohl, Frau Major", erwiderte Gerry zackig und führte seine Hand zum Kopf, um einen militärischen Gruß anzudeuten.

Petra lachte. Sie war sehr froh darüber, in Gerry einen Kollegen zu haben, mit dem sie so gut harmonierte. Und Gerry sah das wohl ganz genauso.

*****

„Bin ich jetzt doch verhaftet?"

Das nackte Entsetzen stand in Gerda Czernys Gesicht geschrieben, als sie Petra das fragte, nachdem sie das Befragungszimmer betreten hatte.

„Das kommt ganz darauf an, ob Sie kooperieren, Frau Czerny", antwortete Petra.

Gerry, der sich bereits im Raum befand, als Gerda eintrat, empfand fast ein wenig Mitleid mit der Frau. Er lächelte Gerda an, was jedoch nicht wirklich die erhoffte, beruhigende Wirkung bei ihr auslöste.

„Ich mache alles, was Sie wollen, Frau Kommissar", sagte Gerda flehentlich, *„fragen Sie nur, ich sage alles, was ich weiß."*

Petra schob Gerda Czerny wortlos das Bild entgegen, auf welchem die Frauen mit dem Kind abgebildet waren.

„Nennen Sie uns die Namen der Personen, die auf dem Bild sind", sagte Petra und sah Gerda dabei erwartungsvoll an.

Gerda nahm die Fotografie in die Hand und betrachtete sie eingehend.

„Das kann ich nicht", kam die enttäuschende Antwort, *„ich war ja damals fast selber noch ein Kind."*

Petra zuckte zusammen. Daran hatte sie ebenso wenig gedacht wie Gerry, der ihr Erstaunen gerade mit ihr teilte.

Gerda Czerny bemerkte die Enttäuschung von Petra und sagte:

„Es tut mir wirklich leid. Ich hätte Ihnen gern geholfen. Aber wie gesagt, ich war noch ein Kind. Ich kann mich nur an die Vornamen erinnern."

„Waaas?"

Petra war ganz aufgeregt. Sie blickte Gerda eindringlich an und sagte in scharfem Ton:

„Warum haben Sie das nicht gleich gesagt?"

Gerry wollte die Wogen glätten. Er schaute Gerda lächelnd an und fragte völlig ruhig:

„Und wissen Sie denn die Vornamen der Frauen noch genau?"

„Ich kann es ja versuchen", antwortete Gerda, sichtlich eingeschüchtert.

„Das wäre wunderbar, liebe Frau Czerny", sagte Gerry, dabei Petra mit einem mahnenden Blick belegend, *„und nehmen Sie sich genug Zeit."*

Dann schob er Gerda das Bild wieder zu und Gerda holte ihre Brille aus der Tasche.

Sie betrachtete das Bild eine geraume Weile, was bei Petra schon wieder eine beginnende Ungeduld auszulösen drohte. Lediglich der Blick von Gerry hielt sie davor zurück, aktiv zu werden.

„Das ganz außen ist Tante Eveline. Die mochte ich nicht. Daneben ist Tante Siglinde, die mochte ich auch nicht."

Petras Ungeduld nahm sichtlich zu. Gerry befürchtete, sie würde sich gleich einmischen und kam ihr zuvor, indem er Gerda ein Lob aussprach.

„Sie machen das wirklich ganz toll, liebe Gerda. Sie wissen ja gar nicht, wie sehr Sie uns damit helfen.""

Petra schaute Gerry an und sah in ein Gesicht, das Entschlossenheit ausdrückte. Sie entschied sich dafür, Gerry gewähren zu lassen und zu schweigen.

Gerry hatte es bemerkt und kurz genickt, als Zeichen seiner Dankbarkeit.

„Die mochte ich", sagte Gerda und deutete auf die Frau in der Mitte. *„Das ist Tante Mitzi."*

Bei den beiden nächsten Frauen stockte Gerda. Sie deutete auf eine sehr korpulente Frau und sagte:

„Ich weiß ihren Namen nicht mehr; aber sie war aus Heiligenstein."

„Warum können Sie sich so gut daran erinnern, dass diese Frau aus Heiligenstein war?", fragte Petra, die bisher fasziniert zugehört hatte.

„Weil sie ein Mondgesicht hatte", antwortete Gerda, *„wir Kinder haben sie immer <die Frau mit dem Heiligenschein> genannt."*

„Daher wohl auch die Assoziation mit dem Ortsnamen <Heiligenstein>."

Gerda nickte Gerry zustimmend zu, obwohl sie mit dem Begriff „Assoziation" nicht wirklich etwas anfangen konnte.

„Da fällt mir noch etwas ein", sagte Gerda aufgeregt, *„die Frau neben Tante Mitzi durfte keine Torte essen."*

Diese Worte waren wie ein Paukenschlag. Petra und Gerry starrten Gerda ungläubig an, denn was sie gerade gehört hatten, öffnete eine Tür, von deren Existenz sie bisher nicht die geringste Ahnung hatten.

Es war das magische Wort „Torte", welches die beiden Ermittler elektrisierte.

„Was meinen Sie damit, dass die Frau keine Torte essen durfte?", fragte Petra.

„Weil sie zuckerkrank war und zusehen musste, wie alle anderen die Torte aßen", antwortete Gerda.

„Welche Torte?", fragte Gerry.

„Na, die Torte eben, die eine von den Tanten geba-cken hatte", antwortete Gerda.

„Wieso hat eine der Tanten eine Torte gebacken?"

Gerry konnte das Ganze noch immer nicht wirklich einordnen.

„Weil alle diese Frauen Torten gebacken haben", nahm Petra die Antwort von Gerda vorweg, was von Gerda durch ein Kopfnicken bestätigt wurde.

„Es sind noch eine Frau auf dem Bild und ein Kind. Wer sind die?"

Petra deutete auf die Frau neben der Frau aus Heili-genstein und das Kind, welches am rechten Bildrand zu sehen war.

„Das ist Mama", antwortete Gerda mit tränener-stickter Stimme, *„und wie der Junge heißt, das weiß ich nicht mehr."*

Petra machte eine kurze Pause, damit sich Gerda etwas beruhigen konnte. Dann fragte sie:

„Irgendjemand muss das Bild ja gemacht haben. Wissen Sie vielleicht auch noch, wer fotografiert hat?"

„*Tante Sandra*", antwortete Gerda, „*die hat ständig fotografiert.*"

„*Und irgendwelche Nachnamen wissen Sie nicht*", sagte Petra.

„*Nein*", erwiderte Gerda, „*die haben sich immer nur mit Vornamen angeredet.*"

„*Ich denke, das war es fürs Erste. Vielen Dank, Frau Czerny. Sie haben uns wirklich sehr geholfen. Wenn wir Sie noch einmal brauchen sollten, dann melden wir uns bei Ihnen.*

Ein Kollege wird Sie nach Hause fahren. Und nochmals vielen Dank!"

Diese Worte aus dem Mund von Major Misek kamen wirklich aus dem Herzen. Die gerade gewonnen Erkenntnisse brachten ein wenig mehr Licht in den Fall, der den Ermittlern heftig Kopfzerbrechen bescherte.

„*Ich denke, wir können jetzt ein wenig tiefer graben, Gerry*", sagte Petra, „*lass uns nach Hause fahren und den Fall neu bewerten.*"

*****

Nach ihrer Rückkehr ging Mjr Misek zu ihrem Chef, um ihm vom Ergebnis ihrer Fahrt nach Dornbirn zu berichten.

„Ich denke, wir sind ein großes Stück weitergekommen", begann Petra ihren Bericht, noch bevor sie sich niedergesetzt hatte, wurde aber sogleich von Obstlt Brauneis unterbrochen.

„Es tut mir leid, dass ich Sie unterbreche, Major Misek", sagte der Oberstleutnant, *„aber ich habe schlechte Nachrichten."*

Petra schaute ihren Vorgesetzten erstaunt an. Bisher hatte es das noch nie gegeben, dass sie bei einem ihrer Berichte unterbrochen wurde.

„Was ist los?", fragte Petra und der Oberstleutnant antwortete:

„Es gibt einen weiteren Mord."

„Etwa wieder einer unter Beteiligung einer Mehlspeise?"

Petra war diese flapsige Formulierung einfach so herausgerutscht.

Der Oberstleutnant hätte beinahe darüber gelacht; aber dafür war die Angelegenheit einfach zu ernst.

„Ein guter Freund und Kollege hat es mir vor wenigen Minuten mitgeteilt. Er ist Postenkommandant in Waidhofen a.d. Thaya.

Ich habe ihm gesagt, dass Sie sich umgehend damit befassen. Ich hoffe, das geht in Ordnung für Sie."

„Natürlich, Chef", antwortete Mjr Misek, *„wollen Sie sich trotzdem meinen Bericht kurz anhören?"*

„Aber ja", erwiderte Obstlt Brauneis, *„bitte berichten Sie!"*

Und dann schilderte Petra von ihren neu gewonnenen Erkenntnissen und gab einen Ausblick auf ihr künftiges Vorgehen.

„Ich bin sehr froh, dass Sie den Fall bearbeiten, liebe Petra", erwiderte der Oberstleutnant.

Petra war überrascht. Es war das erste Mal in ihrer bisherigen Laufbahn, dass ihr Chef sie mit Vornamen ansprach.

Sie fragte sich, wie verzweifelt er wohl sein musste, dass er das getan hatte.

„Wir werden den Kerl schon kriegen", sagte Petra und zauberte damit ihrem Vorgesetzten ein kleines Lächeln ins Gesicht.

*****

Waldviertler Mohntorte

Zutaten:
200 g Dinkelmehl
200 g gemahlener Mohn
200 g Joghurt
180 g Staubzucker
180 ml Öl
5 Stk Eier
1 Pck Backpulver
1 Pck Vanillezucker
1 EL Butter für die Form
5 EL Brösel für die Form
80 g Marmelade zum Bestreichen
500 g Milchschokolade für die Glasur

Zubereitung:

Eier trennen. Dotter, Staubzucker, Vanillezucker und Öl schaumig rühren. Mohn und Joghurt beimengen.

Backpulver und Dinkelmehl (man kann auch griffiges Mehl verwenden) versieben. Das Eiklar steif schlagen und abwechselnd mit dem Mehl unter die Masse heben.

Masse in eine gebutterte und mit Bröseln ausgestaubte Tortenform füllen und bei 180° im vorgeheizten Backofen, bei Ober- und Unterhitze ca. 40 Minuten backen.

Torte auskühlen lassen, einmal durchschneiden und mit Marmelade füllen. Danach mit Milchschokoladeglasur überziehen. Man kann die Torte auch mit einer Zitronenglasur überziehen oder nur anzuckern..

*****

„Inzwischen haben wir Mordopfer vier", begrüßte Major Misek ihre Kollegen, *„der Oberstleutnant hat mir gerade die Frohe Botschaft überbracht.*

Er weiß es von einem Kollegen aus Waidhofen a.d. Thaya. Dort wurde das Opfer entdeckt."

„Das sind ja höchstens 80 km von hier", sagte Oblt Schlesinger und Lt Wieland ergänzte kurz darauf:

„Über die B37 und L75 genau 71 km."

„Vielen Dank, Fräulein Google Maps", erwidere Gerry, *„so genau wollte ich es gar nicht wissen."*

„Könnte ich vielleicht wieder eure Aufmerksamkeit haben, Herrschaften?", mischte sich Petra ein, *„ich würde mich sehr darüber freuen."*

„Ist das ein weiterer Mehlspeis-Mord?", fragte die Psychologin, was ihr einen feinen Tadel von Petra einbrachte.

„Wir wollen doch sachlich bleiben."

Ella fragte sich, was ihre Freundin dazu veranlasst haben könnte, diese Bemerkung zu machen. Am naheliegendsten schien ihr ein beginnender Frust bei Petra.

Ist ein Mord schon eine große Herausforderung für die Ermittler, wie viel größer muss dann wohl die Belastung sein, wenn es sich um mehrere Morde handelt, die dazu noch sehr weit auseinanderliegen.

„Ich möchte dich bitten, uns eine Einschätzung zu geben, unter Einbeziehung der vorliegenden Fakten."

Petras Stimme klang versöhnlicher, als sie das sagte.

74

„Sehr gern, Major Misek", antwortete die Psychologin, *„aber es ist nicht ganz einfach."*

„Deshalb haben wir ja Sie geholt, Frau Doktor."

Petra sah ihre Freundin lächelnd an, während sie das sagt, und Ella erwiderte das Lächeln.

„Es kann wohl als erwiesen gelten, dass wir es mit einem Serienmörder zu tun haben.

Wie ich schon früher einmal bemerkt habe, glaube ich, dass die Morde perfekt geplant und akribisch ausgeführt wurden.

Dass die Torten am Tatort eine wesentliche Rolle dabei spielen, dürfte ebenfalls Fakt sein.

Und interessant ist auch, dass die Anfangsbuchstaben der Torten mit den Anfangsbuchstaben der Tatorte übereinstimmen."

Die drei anwesenden Kriminalisten sahen einander staunend an. Diese Tatsache war bisher noch keinem aufgefallen.

„Mauternbach – Malakofftorte, Eisenstadt – Esterhazytorte, Dornbirn – Dobostorte.

Ich bin mir ziemlich sicher, dass wir bei dem Opfer in Waidhofen eine Torte finden, deren Anfangsbuchstaben <WA> sind."

„Das ist ja völlig abgedreht", sagte Lt Wieland.

Ihre Wortwahl deutete klar erkennbar auf eine Jugendsprache hin, zu welcher die restlichen Personen im Raum nur peripher Zugang hatten.

Und entsprechend fiel auch der Blick von Mjr Misek aus.

„Das ist ja alles sehr interessant", sagte Petra, *„aber wo sollen wir ansetzen?"*

Allein in dieser Frage spiegelte sich der Frust wider, den Ella hinter ihrer Freundin vermutet hatte.

„Wir müssen schnellstens die Personen finden, welche auf dem Foto abgebildet sind, das ihr aus Dornbirn mitgebracht habt", antwortete Ella.

„Wie soll das gehen?", fragte Gerry, *„wir haben ja keine Namen zu den Gesichtern."*

„Aber ihr habt doch die Vornamen und das ungefähre Alter. Ich gehe davon aus, dass alle Frauen auf dem Foto plus/minus siebzig Jahre alt sind. Damit kann man doch etwas anfangen", erwiderte Ella.

„Und was?", fragte Gerry.

„Aufrufe in den Medien", beantwortete Petra Gerrys Frage. *„Das ist eine brillante Idee, Ella."*

Petra wandte sich an Klara und sagte:

„*Das ist deine Aufgabe, Klara. Mache einen Entwurf und zeige ihn mir dann.*"

„*Das mache ich, Frau Major*", antwortete Klara euphorisch, „*Sie werden mit mir zufrieden sein.*"

„*Da bin ich mir ganz sicher, Lt Wieland*", erwiderte Petra und fragte dann Ella:

„*Was glaubst du. Spielt der Junge auf dem Foto eine Rolle, und wenn ja – welche?*"

„*Das weiß ich noch nicht*", antwortete Ella, „*das muss ich noch überdenken.*"

„*Mach das bitte*", sagte Petra, „*aber jetzt machen wir erst einmal eine Spazierfahrt ins Waldviertel.*

Ich habe durch den Oberstleutnant den Postenkommandant in Waidhofen bitten lassen, er soll den Tatort unverändert lassen, bis wir kommen."

„*Ich dachte, wir sind schon im Waldviertel*", erwiderte Ella, worauf Petra antwortete:

„*Ja, schon. Aber wir sind nur die Eingangstür zum Waldviertel. Das eigentliche kommt ein Stück weit dahinter.*"

*****

Der Postenkommandant von Waidhofen, Chefinspektor Hermann Brilisauer, hatte die beiden Kolleginnen schon erwartet.

„Ihr Chef hat mir schon von der verrückten Mordserie erzählt. Und jetzt ist sie auch bei uns angekommen.

Ich hoffe sehr, dass Sie den Kerl bald geschnappt haben."

„Wer sagt Ihnen denn, dass der Täter männlich ist?", fragte Frau Dr. Treschko.

Der Postenkommandant schaute Ella skeptisch an, bevor er antwortete:

„Mein Bauchgefühl, junge Frau."

Ella blickte zu Petra, die ihrerseits gerade die unübersehbare Leibesfülle ihres Gegenübers auffällig studierte und sagte:

„Ich habe ganz vergessen, uns vorzustellen, Chefinspektor.

Meine Begleiterin ist Frau Dr. Treschko und ich bin Major Misek.

Und was ihr Bauchgefühl angeht, wofür Ihnen auch genügend Raum zur Verfügung steht, so verlassen wir uns lieber auf unseren kriminalistischen Spürsinn."

Die Gesichtsfarbe des Chefinspektors veränderte sich augenblicklich und unterstrich seinen, mit großer Sicherheit vorhandenen, Bluthochdruck.

Und bevor er darauf reagieren konnte, fuhr Petra fort:

„Und jetzt würde ich Sie bitten, uns einen Beamten abzustellen, der uns zum Tatort begleitet."

„Selbstverständlich, Frau Major", antwortet der Postenkommandant, *„ich gebe Ihnen die Kollegin Maierhofer mit."*

Wenig später saß Cornelia Maierhofer auf dem Rücksitz von Petras Wagen und fuhr mit ihr und Ella in die Wohnung von Frau Ingeborg Schwartz, dem vierten bisher bekannten Mordopfer.

Als sie dort angekommen waren, sahen die beiden Ermittler zum ersten Mal Tatort und Opfer im Originalzustand.

Es bot sich ihnen ein makabres Bild.

Eine Kaffeetafel, eine Waldviertler Mohntorte, eine Kaffeetasse und ein Teller, auf welchem ein angebissenes Stück Torte lag und eine Kuchengabel, welche auf dem Boden neben der Toten lag.

Die Gabel musste ihr aus der Hand gefallen und zu Boden geglitten sein.

Die Tote selbst saß auf ihrem Stuhl, leicht nach hinten geneigt, mit offenem Mund und weit aufgerissenen Augen.

Ein Teil der Tortenmasse quoll aus ihrem Mund und bedeckte Teile ihrer Brust.

Man konnte erkennen, dass von der Torte ein weiteres Stück abgeschnitten worden sein musste, von dem aber jede Spur fehlte.

Ein weiterer Teller und eine zweite Kaffeetasse fehlten ebenfalls.

Und wie nicht anders zu erwarten, lag auch hier das bewusste Bekennerschreiben auf dem Tisch.

„Eindeutig unser Täter", sagte Petra lapidar und Ella stimmte ihr zu.

„Wurde die Wohnung schon durchsucht?", fragte Petra die anwesenden Beamten der Spusi.

„Wir haben noch nicht damit angefangen", kam prompt die Antwort, *„man sagte uns, wir sollten alles unverändert lassen, bis Sie kommen."*

„Das ist gut so", erwiderte Petra. *„Ich mache noch schnell ein paar Fotos und dann können Sie mit Ihrer Arbeit beginnen."*

Petra machte Fotos vom Tisch, von der Torte und von der Toten und sagte dann zu Ella:

„*Lass uns schauen, ob wir irgendwelche Fotografien finden. Du weißt schon, was ich meine.*"

Ella nickte. Die beiden Frauen begannen in Schränken und Schubladen nach Fotos und Alben zu suchen, um eventuell Hinweise finden zu können.

Aber sie konnten weder dort noch an den Wänden oder in Bilderrahmen Fotos entdecken, die sie hätten verwenden können.

„*Entweder es gibt keine Bilder oder der Täter hat sie mitgenommen.*"

In der Stimme von Petra schwang eine gewisse Enttäuschung mit. Sie hatte so sehr gehofft, Hinweise finden zu können.

„*Ich weiß nicht, ob das wichtig für Sie ist*", fragte ein Beamter der Spusi, „*aber die Tote trägt zwei hintereinander gesteckte Eheringe; das Zeichen für eine Witwe.*"

„*Da hast du deine Antwort auf deine Frage von eben*", sagte Ella. „*Wenn die Tote verheiratet war, dann hat es sicher auch Bilder gegeben. Oder wie siehst du das?*"

„*Genauso wie du, Ella*", antwortete Petra, „*also lass uns Klinken putzen gehen.*"

Damit wollte Petra andeuten, sie sollten Nachbarn befragen gehen.

Da die Tote in einem Einfamilienhaus lebte, gab es keine unmittelbaren Nachbarn.

Die Befragung verlief dementsprechend auch nur wenig ergiebig.

Eine Frau im Nachbarhaus erzählte, dass die Tote erst vor einem knappen Jahr eingezogen wäre. Sie stamme wohl aus Heiligenstein und hätte in Waidhofen einen wesentlich älteren Mann geheiratet.

Auf die Frage, ob sie wisse, wie die Tote vorher geheißen habe, antwortete die Befragte:

„Das müssen Sie auf dem Standesamt nachfragen, die wissen das sicher."

Petra bedankte sich bei der Frau und fuhr danach mit Ella zurück zu ihrer Dienststelle.

Die telefonische Anfrage beim Standesamt ergab, dass der Geburtsname von Ingeborg Schwartz auf Hubmayr lautete, und dass sie auch in Heiligenstein geboren war.

Petra schickte daraufhin Lt Wieland nach Heiligenstein, um näher Auskünfte zu besorgen.

Klara Wieland kam mit einem Korb Geschenken zurück. Sie strahlte, als wäre Weihnachten und sie lud ihre Kollegen zur Bescherung ein, indem sie verkündete:

„Ich habe euch viele Geschenke mitgebracht:

Frau Schwartz, geborene Hubmayr, hat ihren Mann über eine Partnervermittlung kennengelernt. Sie haben schon wenige Wochen nach der Kontaktaufnahme geheiratet.

Es gibt keinen Ehevertrag, obwohl die Freunde von Karl Schwartz ihn dazu gedrängt haben, denn es ist ein beträchtliches Vermögen vorhanden."

„Wohl eher keine Ehe aus reiner Liebe und Leidenschaft", unterbrach Gerry die Vortragende. *„Ich frage mich gerade, ob der Gute eines natürlichen Todes gestorben ist…"*

„Das gehört jetzt nicht hierher, Gerry", ermahnte Petra ihren Kollegen, *„lass Klara bitte weiterreden."*

Klara lächelte Petra dankbar an und berichtete weiter:

„Die Dame auf dem Standesamt war übrigens eine Schülerin von Frau Schwartz."

Petra sah Klara erstaunt an und sagte:

„Das heißt dann wohl, dass die Tote eine Lehrerin war."

Klara nickte und wartete darauf, ob Petra noch etwas sagen würde.

„Das hast du ganz prima gemacht, Klara. Vielen Dank!", sagte Petra und fügte hinzu:

„Rufe die Standesbeamtin an und bitte sie, sie möge morgen Vormittag zu uns kommen. Wenn sie keine Fahrgelegenheit hat, dann biete ihr an, du würdest sie abholen."

„Das mache ich sofort", antworte Klara, deren Herz gerade wild klopfte, vor lauter Aufregung.

„Endlich einmal gute Nachrichten", sagte Petra, in die Runde blickend, *„vielleicht kommen wir dadurch einen Schritt weiter."*

*****

Die Befragung von Erna Preuss, Standesbeamtin in Heiligenstein, war mit großen Erwartungen, seitens der Ermittler, verbunden.

„Vielen Dank, dass Sie sich die Mühe gemacht haben, zu uns zu kommen", sagte Mjr Misek und stellte der Besucherin eine Tasse Kaffee auf den Tisch, welche diese auch freudig entgegennahm.

„Das ist doch Bürgerpflicht", antwortete Erna Preuss, schlürfte einen kleinen Schluck aus ihrer Tasse und fügte hinzu:

„Ich helfe gern, wenn ich kann."

„Das tun Sie, liebe Frau Preuss", erwiderte Mjr Misek und begann mit der Befragung.

„Schildern Sie uns doch bitte, was Sie über Ihre ehemalige Lehrerin wissen."

„Nun", antwortete die Standesbeamtin nach einem weiteren Schluck Kaffee, *„was soll ich sagen.*

Frau Schwartz, damals noch Frau Hubmayr, war eine sehr strenge Lehrerin. Ich kann mich noch gut erinnern, wie Christine Bauer, eine Mitschülerin, damals mit rot geschminkten Lippen in den Unterricht kam. Da gab es ordentlich Bröseln[7] mit der Frau Professor."

Mjr Misek musste sich sehr zurückhalten, um Erna Preuss nicht aufzufordern, sich auf das Wesentliche zu beschränken.

„Frau Schwartz war zwar immer sehr streng; aber nie ungerecht", fuhr die Standesbeamtin fort, nicht ohne noch hinzuzufügen, dass ihr der Kaffee sehr munde.

„Möchten Sie vielleicht noch eine Tasse?", fragte Mjr Misek, was die Standesbeamtin freudig bejahte.

---

[7] *Österreichisch für Schwierigkeiten, Zoff*

„*War Frau Schwartz je verheiratet oder hatte sie die eine oder andere Liebschaft?*", fragte Mjr Misek.

„*Aber nein*", antwortete die Gefragte, „*wo denken Sie hin. Die Frau Professor war mit ihrer Schule verheiratet. Da war kein Platz für irgendwelche Liebeleien.*"

„*Sind Sie verheiratet?*", fragte Mjr Misek.

Diese Frage stoppte augenblicklich den Redefluss von Erna Preuss. Ihre Augen funkelten, als sie antwortete.

„*Nein, ich bin alleinstehend. Aber wieso fragen Sie mich das?*"

„*Nur so, liebe Frau Preuss*", antwortete Mjr Misek und war erleichtert, dass im selben Augenblick eine weitere Tasse Kaffee den Raum betrat.

„*Möchten Sie vielleicht ein paar Kekse dazu, Frau Preuss?*", fragte Mjr Misek, um Schadensbegrenzung bemüht.

„*Nein, danke!*"

Die Antwort kam knapp und verdeutlichte, dass Mjr Misek mit ihrer unbedachten Frage in ein Wespennest gestochen hatte.

„*Wie ist es zu der Heirat mit Herrn Schwartz gekommen?*", führte Mjr Misek die Befragung fort.

„Können Sie uns dazu etwas sagen?"

„Oh ja!", antwortete die Standesbeamtin, *„das war damals Stadtgespräch."*

Mjr Misek war froh, dass sie ihr Gegenüber wieder in die Spur gebracht hatte. Sie wartete geduldig, bis Erna Preuss ihr Wissen darlegte.

„Die Frau Professor hat eine Kontaktanzeige aufgegeben und sich dann einen reichen Mann geangelt."

„Woher wissen Sie denn das, Frau Preuss", fragte Mjr Misek ganz vorsichtig, um ihre Informantin nicht noch einmal zu vergraulen.

Diese Frage schien Frau Preuss ein gewisses Unbehagen zu bereiten. Sie wand sich förmlich um die Antwort.

„Nun ja", sagte sie schließlich in gemäßigter Lautstärke, *„da gibt es so ein Dating Portal, wo man Kontakte knüpfen kann. Und da habe ich auch das Profil von Alfred Schwartz entdeckt.*

Ich wäre ja auch an dem Herrn interessiert gewesen. Gutaussehend für sein Alter und finanziell sehr gut ausgestattet. Aber leider ist mir die Frau Professor zuvorgekommen."

Mjr Misek war überrascht. Sie sah sich ihr Gegenüber etwas genauer an und sagte dann:

„*Wissen Sie ungefähr, wie alt der Herr Schwartz war, als er die Frau Professor geheiratet hat?*"

„*Sogar ganz genau*", antwortete Erna Preuss, „*sechsundachtzig war er, zwölf Jahre älter als seine Frau.*"

Das Erstaunen von Mjr Misek nahm zu. Sie überlegte, wie alt wohl Frau Preuss sein musste, da sie ja eine Schülerin von der Witwe Schwartz gewesen ist.

Ihre vorsichtige Schätzung brachte Mjr Misek auf ein Ergebnis, so um die fünfzig Jahre.

„*Wenn das mit Ihnen und Herrn Schwartz geklappt hätte, dann wäre der Altersunterschied doch beträchtlich gewesen; nicht wahr? Hätte Sie das nicht gestört?*"

„*Die Liebe fragt nicht nach dem Alter*", kam prompt die Antwort von Frau Preuss, worauf Mjr Misek erwiderte:

„*Da haben sie völlig recht, Frau Preuss. Das sehe ich ganz genauso.*"

Mjr Misek hegte jedoch heftige Zweifel, ob bei den Bewerberinnen die Liebe im Vordergrund stand oder nur der Wunsch, gut versorgt zu sein.

„*Eine Frage hätte ich noch, Frau Preuss*", sagte Mjr Misek am Ende der Befragung, „*hat der Herr Schwartz Kinder?*"

„*Das weiß ich nicht*", antwortete Erna Preuss, „*das müssen Sie die Franziska fragen.*"

„*Wer bitte ist Franziska?*", fragte Mjr Misek.

„*Das ist meine Freundin aus Waidhofen*", antwortete Erna Preuss, „*sie heißt Franziska Kärcher und ist meine Kollegin. Sie ist Standesbeamtin wie ich.*"

Mjr Misek bedankte sich bei Erna Preuss für ihre Hilfe und wünschte ihr alles Gute.

„*Du hast die Befragung ja mitverfolgt*", sagte Mjr Misek zu der Psychologin wenig später, „*was hältst du davon?*"

„*Sehr aufschlussreich, liebe Petra*", antworte Ella, „*vor allem der Teil mit dem Dating Portal.*"

Die beiden Frauen lachten und Ella fügte hinzu:

„*Ich würde dir empfehlen, mit der Standesamtsbeamtin in Waidhofen zu reden.*"

„*Das werde ich machen*", antwortete Petra, „*und du wirst mich begleiten.*"

„*Mit Übernachtung?*", fragte Ella augenzwinkernd, worauf Petra erwiderte:

„*Das könnte dir so passen.*"

*****

Frau Franziska Kärcher hatte die beiden Frauen schon erwartet. Sie begrüßte sie mit den Worten:

„Die Erna hat mir schon Bescheid gesagt. Es geht um den Herrn Schwartz. "

„Vielen Dank, dass Sie für uns Zeit haben, Frau Kärcher", sagte Mjr Misek, nachdem sie ihre Begleiterin vorgestellt hatte.

Die Standesbeamtin schaute voller Bewunderung auf Ella und antwortete dann:

„Wenn ich helfen kann, dann helfe ich gern. "

„Das ist schön, Frau Kärcher", erwiderte Mjr Misek, *„konnten Sie sich schon schlaumachen, in Bezug auf die persönlichen Verhältnisse des Herrn Schwartz? "*

„Sie meinen wegen Kinder und so", antwortete die Standesbeamtin, *„das habe ich; es gehört ja praktisch zu meinem Beruf.*

Also sehr ergiebig war das aber nicht. Der Verblichene hat nur eine Tochter, eine gewisse Friederike Blauensteiner, geb. Schwartz, geschieden, keine Kinder.

Früher waren sie zu fünft. Das alte Ehepaar Schwartz hatte drei Kinder. Die alte Frau Schwartz ist schon früh an Krebs gestorben, und der Erich und die

Gundi sind auch schon tot. Nur die Friederike ist noch übrig. "

Mjr Misek musste das Gesagte erst einmal sortieren.

„Haben Sie eine Adresse von Friederike Blauensteiner? ", fragte sie dann.

„Nicht wirklich", antwortete die Standesbeamtin, *„die Friederike ist nach Kanada ausgewandert und lebt dort wahrscheinlich noch, wenn sie nicht auch schon gestorben ist. "*

„Wurde bei Herrn Schwartz eine Obduktion veranlasst? "

Franziska Kärcher riss ihre Augen weit auf, als sie diese Frage von Mjr Misek hörte.

„Glauben Sie, sie wurde ermordet? "

Nacktes Entsetzen spiegelte sich in diesen Worten wider.

„Nein, nein", versuchte Mjr Misek die Standesbeamten eilig zu beruhigen, was jedoch nicht den gewünschten Erfolg brachte.

Das Gespräch war damit auch am Ende und Mjr Misek bedankte sich bei der Standesbeamtin für deren Ausführungen.

„Sag nichts", sagte Petra auf der Rückfahrt, „ich weiß auch so, dass das vorhin unprofessionell von mir war."

„Ich weiß gar nicht, was du meinst, liebste Petra", erwiderte Ella.

„Du Lügnerin", sagte Petra, „du weißt es ganz genau. Sag mir lieber, ob wir da eventuell weiterbohren sollten."

„Das ist eine kalte Spur", antwortete Ella, „vergiss nicht, dass wir die Torte und das Bekennerschreiben haben. Das passt einfach nicht dazu."

„Du hast recht", erwiderte Petra, „dabei hatte ich so gehofft, dass wir vielleicht über die Tochter ein Stück weiterkommen.

Also tappen wir weiterhin im Dunklen und warten auf den nächsten Mord."

„Wieso glaubst du das?", fragte Ella und Petra antwortete:

„Weil wir bisher vier Morde haben; aber auf dem Bild sind fünf Frauen abgebildet und hinzu kommt noch die Frau, die das Bild gemacht hat."

*****

Die Stimmung beim nächsten Brainstorming war friedhofsähnlich.

Petra schaute ihre Kollegen der Reihe nach an und sagte:

„Leute! Was ist los mit euch? Habt ihr keine Lust mehr oder soll ich den Fall alleine lösen?"

„Welchen Fall", spöttelte Gerry, *„siehst du irgendwo einen Fall? Ich sehe keinen. Ich sehe nur, dass wir eine Nadel im Heuhaufen suchen, und der Heuhaufen ist riesengroß."*

„Wenn ich etwas dazu sagen dürfte", meldete sich Ella zu Wort, *„wir wissen alle, dass es das perfekte Verbrechen nicht gibt. Also müssen wir so lange nach der Nadel im Heuhaufen suchen, bis wir sie gefunden haben."*

„Vielleicht haben wir auch etwas übersehen", sagte Klara, was ihr einen strafenden Blick von Gerry einbrachte.

„Blödsinn", erwiderte Gerry, *„da gibt es nichts zu übersehen; so einfach ist das."*

„Schluss damit! Ich kann dein Gejammere schon nicht mehr hören. Wenn dir die Arbeit zu anstrengend ist, dann lass dich krankschreiben oder kündige. Aber hör auf uns herunterzuziehen."

Petras Worte waren wie ein Schlag in Gerrys Gesicht. Man konnte ihm ansehen, dass er mit sich kämpfte, ob er den Raum einfach nur verlassen oder die verbale Ohrfeige wegstecken sollte .

„Dann sag uns doch bitte, was wir noch machen können", sagte er, worüber Petra sich sehr freute. Sie sah ihn lächelnd an und erwiderte:

„Das ist mein Gerry. So mag ich ihn."

„Darf ich einen Vorschlag machen?"

Petra nickte Ella zu.

„Lasst uns die bisherigen Morde, einen nach dem anderen, noch einmal durchgehen. Vielleicht haben wir ja wirklich etwas übersehen."

„Das ist eine gute Idee", bekräftigte Petra Ellas Vorschlag, *„was meinst du, Gerry."*

„Von mir aus", brummte Gerry, *„wir haben ja nichts zu verlieren."*

„Aber vielleicht etwas zu gewinnen", fügte Klara hinzu.

Und damit war die Stimmung wieder um ein kräftiges Stück gestiegen.

*****

Die erneute Betrachtung aller Fakten über die bisherigen Morde brachte folgendes Ergebnis:

Opfer Nr. 1: Siglinde Lempp aus Mauternbach, 75 Jahre alt, verwitwet, keine Kinder.

Opfer Nr. 2: Gerda Czerny aus Dornbirn, 76 Jahre alt, gesch. 2 Töchter. Eine lebt in Griechenland, die andere, Gerda lebt mit ihrem Sohn Thomas in Dornbirn.

Opfer Nr. 3: Eveline Maurer aus Eisenstadt, 72 Jahre alt, ledig, keine Kindcr.

Opfer Nr. 4: Ingeborg Schwartz aus Waidhofen, 74 Jahre alt, Wwe., keine Kinder, ursprünglich aus Heiligenstein a.d. Thaya.

„Was haben diese Frauen gemeinsam?"

Petra blickte erwartungsvoll in die Gesichter ihrer Mitstreiter.

„Sie sind tot."

Gerry war der Erste, der mit dieser unumstößlichen Tatsache antwortete.

„Das ist sehr hilfreich, Gerry. Vielen Dank!"

Petra unterließ es, mehr zu Gerrys zynischer Bemerkung zu sagen. Stattdessen fragte sie weiter:

„Hat sonst noch jemand eine Idee? Gern auch eine bessere als die gerade eben."

„Sie wurden alle vergiftet, sie haben Torten gemeinsam gebacken, und der Mörder oder die Mörderin ist sehr wahrscheinlich in ihrem Umfeld zu suchen."

„Bravo!"

Diese Anerkennung war aus dem Mund von Ella gekommen.

„Ich stimme Klara zu, was den Täter angeht", sagte Ella, *„ich geh sogar noch einen Schritt weiter. Der Mörder, egal ob weiblich oder männlich, befindet sich auf diesem Bild."*

Damit wies sie auf die Fotografie hin, welches die bisherigen Mordopfer, die in Zukunft potentiellen Opfer und den Knaben zeigte.

„Also schließt du den Knaben nicht aus?", fragte Petra, worauf Ella antwortete:

„Auf keinen Fall. Überleg doch einmal, wie alt der Knabe heute sein könnte.

Wenn man davon ausgeht, dass die Frauen auf der Fotografie so um die fünfzig Jahre, Plusminus, alt sind, dann wäre der Knabe heute etwa um die fünfunddreißig Jahre, Plusminus."

„Und das Motiv? "

Ella wollte gerade darauf antworten, als eine junge Kollegin hereinkam und sagte:

„Ein Pfleger hat angerufen. Er sagt, er habe vielleicht einen wichtigen Hinweis in der Mordsache. "

„Mensch oder Tier? ", fragte Gerry.

„Was für eine dumme Frage, Herr Kollege", antwortete die junge Beamtin, *„oder haben Sie schon einmal ein Tier telefonieren gesehen? "*

Die junge Beamtin und Gerry kannten sich. Sie waren schon öfter aneinandergeraten.

„Was für eine dumme Antwort, Frau Kollegin", erwiderte Gerry. *„Sie wissen scheinbar nicht, dass es sowohl Pfleger bei den Menschen als auch im Tierbereich gibt.*

Die einen arbeiten im Zoo und die anderen in Spitälern und Senioreneinrichtungen. "

Petra beendete das Wort-Scharmützel mit der Frage an die junge Kollegin:

„Von wo hat der Mann angerufen? Wie heißt er und wie ist seine Telefonnummer? "

„Der Mann kommt aus Langenlois. Er arbeitet in der Seniorenresidenz Waldviertel.

Name und Telefonnummer stehen auf dem Zettel."

Die junge Beamtin reichte Petra einen Zettel und verließ danach den Raum.

„Du bist unmöglich, Gerry", wandte sich Petra an Gerry, der das Gesagte mit einem Schulterzucken beantwortete.

„Dann haben wir ja wieder eine neue Spur. Vielleicht dieses Mal ergiebiger als die bisherigen.

Ich werde mit Ella nach Langenlois fahren und den Anrufer befragen.

Und ihr sucht weiter nach Sandra und Mitzi. Hoffen wir, dass wir sie finden, bevor unser Mörder erneut zuschlägt."

Mit diesen Worten beendete Petra das Meeting.

Gerry war enttäuscht. Er wäre ebenso gern, wie wohl auch Klara, zu der Befragung mitgefahren.

„Ich glaube, dass eine der ausstehenden Tortenbäckerinnen die Täterin ist und nicht der kleine Junge."

„Das glaube ich auch, Gerry", pflichtete Klara ihm bei, *„vergiften ist ganz eindeutig Frauensache."*

*****

Gleich nach ihrem Eintreffen führte sie der Anrufer zur Verwaltung, wo schon Traudel Herzog, die Direktorin in der Seniorenresidenz, auf sie wartete.

„Ich habe davon gelesen", begrüßte sie die Direktorin, *„es ist immer wieder erstaunlich, zu welch schrecklichen Taten der Mensch fähig ist."*

„Da stimmen wir Ihnen zu, Frau Direktor", erwiderte Mjr Misek, *„aber können wir über den wichtigen Hinweis sprechen, den Ihr Mitarbeiter am Telefon angekündigt hat? Und bitte verzeihen Sie mir meine Ungeduld."*

„Aber nicht doch, Frau Kommissar", sagte die Direktorin, *„dafür habe ich alles Verständnis der Welt."*

Petra bedankte sich und wandte sich dann an Ulf Sommer, der Sie zur Direktorin geführt hatte.

„Herr Sommer, Sie ahnen gar nicht, wie sehr uns Ihr Anruf gefreut hat. Zunächst einmal ganz herzlichen Dank dafür."

Ulf Sommer fühlte sich geehrt ob dieser Worte, was aber sehr schnell wieder verflogen war, als er seine Chefin sagen hörte:

„Aber das war doch eine Selbstverständlichkeit. Nicht wahr Herr Sommer? Wir verfügen hier nur über bestens ausgebildetes und hoch qualifiziertes Personal. Wir sind wie eine große Familie."

Der Blick des Pflegers konnte schwerlich als Bestätigung verstanden werden.

„Also, Herr Sommer", begann Mjr Misek nun mit der Befragung, *„was haben Sie uns so Wichtiges mitzuteilen?"*

„Es geht um die Bewohnerin von Zimmer 27, Frau Maria Fellner.

Als vor einigen Tagen das Foto von den Frauen und dem Kind im Fernsehen gezeigt wurde, hat sich Frau Fellner fürchterlich aufgeregt.

Eine Pflegerin, die sich gerade im Zimmer von Frau Fellner befand, hat das mitbekommen; dem aber keine große Bedeutung beigemessen."

„Und warum nicht?", fragte Mjr Misek.

„Frau Fellner leidet unter Demenz und regt sich schon gern einmal über dieses und jenes auf", antwortete der Pfleger und fuhr fort:

„Als sich aber der Vorgang gestern Vormittag wiederholte, hat mich meine Kollegin informiert. Das hat mich dann veranlasst, Sie zu kontaktieren."

„Das haben Sie genau richtig gemacht", erwiderte Mjr Misek, *„aber was meinen Sie damit, dass sich der Vorgang wiederholt hat?"*

„*Der Artikel in der Tageszeitung gestern*", antwortete Ulf Sommer, „*da war dasselbe Bild wieder abgebildet.*"

„*Und da war Ihre Kollegin wieder zugegen?*", fragte Mjr Misek skeptisch.

„*Ja*", antwortete Ulf Sommer, „*sie hat Frau Fellner das Frühstück und die Zeitung gebracht. Und da ist es passiert.*"

Petra sah Ella mit großen Augen an. Endlich eine vielversprechende Spur.

„*Könnten wir vielleicht mit der jungen Frau sprechen?*"

„*Selbstverständlich, Frau Kommissar*", erwiderte die Frau Direktor und griff zum Telefon.

Und nur wenige Augenblicke später betrat Angelika Schmid den Raum, eine junge, hübsche Frau, Pflegerin in der Ausbildung.

„*Ich bin Petra Misek und das ist Ella Treschko. Vielen Dank, dass Sie sich Zeit für uns nehmen.*"

Und bevor die Frau Direktor ihren Spruch von der Selbstverständlichkeit wiederholen konnte, fügte Mjr Misek hinzu:

„*Wir sind von der Polizei und wir beißen nicht.*"

Sie hatte die beginnende Nervosität bei der jungen Frau bemerkt.

„Wie kommt eine junge, so hübsche Frau zu diesem Beruf?", fragte die Psychologin, worauf Angelika Schmid antwortete:

„Ich helfe gern Menschen."

„Das ist schön, Frau Angelika", erwiderte Ella, *„ich bewundere die jungen Leute, die sich für einen Beruf entscheiden, mit dem hehren Ziel, anderen Menschen Gutes zu tun."*

„Kann ich Sie bitte zu den Vorfällen mit Frau Fellner befragen, Angelika?", übernahm Petra wieder das Ruder.

Sie hatte wohl verstanden, was Ella mit ihren Worten bezwecken wollte. Man nennt das wohl „vertrauensbildende Maßnahme". Das war auch der Grund, warum Petra ihre Freundin mitgenommen hatte und nicht Gerry oder Klara.

„Bitte, fragen Sie, Frau Misek", erwiderte die junge Pflegerin, was die Frau Direktor so gar nicht goutierte, denn in ihren Augen war das gerade nicht die richtige Anrede für eine Frau Kommissar.

„Schildern Sie mir bitte doch die beiden Vorfälle im Zimmer von Frau Fellner."

Und dann erzählte Angelika Schmid von der Reaktion einer dementen, alten Frau auf ein Bild, das sie zu kennen schien.

„Ich war gerade dabei, das Bett für Frau Fellner zu machen, als im Fernsehen der Bericht über die Frauenmorde kam.

Frau Fellner verbringt ihre Zeit meistens mit Fernsehen oder Lesen.

Als dann dieses Bild eingeblendet wurde, regte sich Frau Fellner furchtbar auf. Sie deutete auf den Fernseher und rief dabei irgendwelche Namen."

„Was für Namen waren das?", fragte Petra.

„Frauennamen", antwortete Angelika.

„Sie meinen Vornamen von Frauen", vergewisserte sich Petra und fragte weiter:

„Können Sie sich noch an die Namen erinnern?"

„Beim ersten Mal habe ich nicht so aufgepasst", antwortete Angelika, *„aber als sich bald darauf der Vorgang wiederholte, da habe ich genau hingehört.*

Das war, als ich Frau Fellner das Frühstück und die Zeitung brachte. Da hat sie das Bild wiedergesehen und wieder ganz aufgeregt diese Namen gerufen. Ich habe die Namen sofort auf einen Zettel notiert."

„Und? Was waren das für Namen?", drängte Petra ungeduldig, worauf Angelika aufzählte:

„Siglinde, Marianne, Eveline, und Inge."

"Mitzi war nicht dabei?", fragte Petra.

„Nein", antwortete Angelika, *„das weiß ich ganz genau. Ich habe es ja aufgeschrieben, damit ich es nicht vergesse."*

„Fällt dir nichts auf?"

Ella musste lächeln, als sie Petra diese Frage stellte.

„Was soll mir auffallen?", erwiderte Petra.

„Wie heißt die Dame, über die wir gerade sprechen?", fragte Ella weiter, was Petra veranlasste, leicht gereizt zu antworten:

„Maria Fellner, das weißt du doch."

Ellas Lächeln mutierte zu einem breiten Grinsen, während Petras Unmut zuzunehmen begann. Plötzlich ging ein Leuchten über ihr Gesicht.

„Wieso ist mir das nicht gleich aufgefallen", sagte sie aufgeregt, *„Maria ist Tante Mitzi."*

„Genauso ist es", bestätigte Ella. *„Das hat aber lange gedauert, mein Schatz."*

Die Worte „mein Schatz" waren Ella herausgerutscht und veranlassten bei den Anwesenden die unterschiedlichsten Reaktionen:

Petra waren sie unangenehm, der Frau Direktor eher suspekt, Angelika erfreute sich daran und dem Pfleger waren sie egal.

„Könnten wir mit Frau Fellner sprechen?", fragte Petra die Direktorin, worauf diese antwortete:

„Das ist nicht so einfach, wie sie glauben, meine Damen. Frau Fellner ist sehr labil und man sollte sie nicht aufregen, wenn es nicht unbedingt nötig ist."

Allein im Tonfall des Gesagten konnte man erkennen, dass sich die Direktorin etwas zurückgezogen hatte. Die Sache mit dem vertrauten Umgang zweier Frauen in aller Öffentlichkeit hatten Spuren bei ihr hinterlassen.

Sie war ihr ganzes bisheriges Leben ein Vorbild für Tugend und Moral gewesen, und sie hatte sich zu keiner Zeit dem dekadenten Verfall von Sitte und Anstand gebeugt.

„Frau Fellner ist derzeit in einer sehr guten körperlichen und seelischen Verfassung", fiel der Pfleger der Frau Direktor in den Rücken, *„und sie würde sich über einen Besuch sicher sehr freuen."*

*****

Wiener Sachertorte

Zutaten:
140 g Butter
110 g Staubzucker
6 Eier
1/2 Vanilleschote ausgekratzt
130 g dunkle Speiseschokolade
110 g Kristallzucker
140 g Mehl glatt
200 g Marillenmarmelade
Butter und Mehl für die Form
Schlagobers für die Garnitur

Schokoladenglasur:
150 g Schokolade dunkle
200 g Kristallzucker
125 ml Wasser

Zubereitung:

In einer Schüssel weiche Butter mit Staubzucker und Vanillemark cremig rühren. Eidotter nacheinander langsam einrühren und alles zu einer dickschaumigen Masse schlagen. Schokolade im Wasserbad schmelzen lassen und unterrühren. Eiklar steif schlagen, dabei den Kristallzucker einrieseln lassen und so lange weiterschlagen, bis der Schnee schnittfest und glänzend ist. Schnee auf die Dottermasse häufen, das Mehl darüber sieben und mit einem Kochlöffel alles vorsichtig vermengen.

Den Boden einer Springform mit Backpapier auslegen und den Tortenrand mit Butter ausstreichen sowie mit Mehl ausstreuen. Masse einfüllen, glattstreichen und im vorgeheizten Backrohr bei 170 °C 55-60 Minuten backen. Dabei die ersten 10-15 Minuten die Backrohrtür einen Finger breit offenlassen, dann schließen. (Der Kuchen ist richtig durchgebacken, wenn ein leichter Fingerdruck sanft erwidert wird.)

Torte mit der Form auf ein Kuchengitter stürzen und etwa 20 Minuten überkühlen lassen. Dann Papier abziehen, Torte umdrehen und in der Form völlig erkalten lassen, um die Unebenheiten der Oberfläche zu glätten. Aus der Form lösen und mit einem scharfen Messer waagrecht halbieren. Marmelade leicht erwärmen, glatt rühren, beide Tortenböden damit bestreichen und wieder zusammensetzen. Rundherum ebenfalls mit Marmelade bestreichen und etwas antrocknen lassen.

Für die Glasur Zucker und Wasser 5-6 Minuten spru-delnd aufkochen, dann leicht überkühlen lassen. Schokolade im Wasserbad schmelzen und unter Rüh-ren nach und nach mit der Zuckerlösung vermischen, bis eine dickflüssige, glatte Glasur entsteht. Lippen-warme Glasur auf einmal, d. h. in einem einzigen raschen Guss, über die Torte gießen und mit so weni-gen Strichen wie möglich mit einer Palette rundum glatt verstreichen. Einige Stunden trocknen lassen, bis die Glasur wirklich erstarrt ist.

Portionieren und mit geschlagenem Obers servieren.[8]

*****

Als Mjr Misek und Dr. Treschko das Zimmer von Frau Fellner betraten, erkannten sie in der alten Dame sofort die Frau auf dem Foto.

„Grüß Gott, Frau Fellner, wir kommen aus der schönen Wachau und möchten Ihnen gern ein paar Fragen stellen, wenn es Ihnen recht ist."

Mit diesen Worten überreichte Petra der alten Da-me einen Blumenstrauß, den sie, auf Anraten von

---

[8] Anm. des Verfassers: *„Das verhilft zu einem Premium Geschmackserlebnis."*

Ella, im Blumenladen vor der Seniorenresidenz besorgt hatte.

„Die sind aber schön", sagte Frau Fellner, und der Ausdruck in ihrem Gesicht spiegelte ihre Freude wider.

„Ich kenne sie gar nicht", sagte die alte Dame dann, mit Blick hin zu der vertrauten Pflegerin, *„wer ist das?"*

„Das sind liebe Freunde von mir, Petra und Ella", antwortete Angelika, wie es ihr Ella zuvor aufgetragen hatte.

Petra hielt Frau Fellner das Bild mit den Frauen und dem Knaben entgegen. Sie hatte die Fotografie zuvor vergrößern lassen, um der alten Dame das Sehen zu erleichtern.

„Das sind Sie, liebe Frau Fellner", sagte Petra und deutete auf die Person in der Mitte des Bildes.

Die alte Dame nickte. Ihre Augen wurden feucht und ein Leuchten ging über ihr Gesicht.

„Und das sind Eveline, Siglinde, Marianne und Ingeborg."

Petra wollte gerade noch den Jungen erwähnen, als Frau Fellner plötzlich sagte: *„Und Natascha."*

Petra und Ella sahen sich verwundert an.

„Sie meinen Sandra, liebe Frau Fellner", versuchte Petra die alte Dame zu korrigieren, was diese dazu veranlasste, wieder „Natascha" zu sagen.

„Sie meinen sicher die Frau, die das Foto gemacht hat", insistierte Petra erneut; aber ohne Erfolg.

Frau Fellner sagte noch mehrmals hintereinander „Natascha", wandte dann plötzlich den Kopf ab und zog sich in ihre eigene Welt zurück, in welche sie niemanden hineinließ.

„Das bringt jetzt nichts mehr, Frau Misek", sagte die junge Pflegerin, *„Frau Fellner hört Ihnen nicht mehr zu."*

Petra fühlte eine tiefe Enttäuschung in sich aufsteigen. Sie waren so nahe dran, neue Erkenntnisse zu erlangen. Es hätte nur noch ein paar Minuten gebraucht.

„Vielleicht ein anderes Mal", sagte Angelika, *„ich könnte Sie ja benachrichtigen, wenn Frau Fellner wieder einmal zugänglicher ist.*

Und dann rufe ich Sie sofort an. Sie können ja in kürzester Zeit hier sein. Vielleicht sogar mit Blaulicht und Sirene."

Petra lächelte. Das Wesen der jungen Frau berührte sie. Sie nahm sie spontan in die Arme und sagte:

„Sie sind eine ganz tolle Frau, Angelika. Lassen Sie sich von niemandem verbiegen."

Angelika errötete. Sie bedankte sich, gab den beiden Kriminalistinnen die Hand und sagte:

„Ich werde Sie ganz bestimmt anrufen."

„Das weiß ich, Angelika", erwiderte Petra und wollte schon gehen, als Ella sich umdrehte und zu Angelika sagte:

„Bekommt Frau Fellner manchmal Besuch?"

Die Antwort, die dann kam, überraschte die beiden Frauen, und Petra ärgerte sich über sich selbst, dass sie diese, doch eigentlich naheliegend Frage, nicht selbst gestellt hatte.

„Ihr Ehemann kommt manchmal aus Wien und besucht sie. Aber nicht sehr oft."

„Können Sie bitte kurz nachschauen, ob Sie eine Adresse für uns haben?", fragte Petra.

„Das brauche ich nicht", antwortete Angelika, *„den Namen kennen Sie. Der Ehemann heißt Franz und ist der Chef von der <Spedition Fellner> in Wien."*

*****

Mjr Misek hatte telefonisch einen Termin mit Franz Fellner vereinbart und befand sich jetzt mit Oblt Schlesinger auf dem Weg nach Wien.

„Ich glaube, dass uns das Gespräch mit Franz Fellner ein großes Stück weiterbringen wird."

Gerry konnte den Optimismus seiner Kollegin nicht wirklich teilen und antwortet daher:

„Du hast doch erzählt, dass der Herr seine demente Gattin nur selten besucht."

„Ja", antwortete Petra, *„worauf willst du hinaus, Gerry?"*

„Glaubst du wirklich, dass dieser Mann an den Treffen seiner Gattin mit ihren Mehlspeis-Freundinnen Interesse gehabt hat oder irgendetwas darüber weiß?", antwortete Gerry.

„Warum nicht?", erwiderte Petra. *„Vergiss nicht, dass Maria Fellner damals jung und attraktiv war. Und am Anfang einer Beziehung gibt man sich ja noch Mühe. Oder etwa nicht?"*

„Schon", brummte Gerry etwas widerwillig, *„wenn du meinst. Wir werden ja sehen."*

*****

Franz Fellner ließ die beiden Kriminalisten erst einmal warten, bis es Mjr Misek zu bunt wurde,

„Sagen Sie ihrem Chef, wenn er uns nicht in den nächsten fünf Minuten empfängt, lasse ich ihn vorladen."

Die Dame an der Rezeption griff zum Hörer und leitete die unmissverständliche Botschaft an ihren Chef weiter.

Es dauerte nur wenige Augenblicke, denn kaum hatte die Rezeptionistin den Hörer wieder aufgelegt, erschien der allmächtige Chef der Firma „Spedition Fellner" auf der Bildfläche.

„Es tut mir unendlich leid, dass Sie warten mussten", säuselte Herr Fellner, *„aber ich befand mich in einer Videokonferenz mit einem unserer Partner im Ausland."*

Petra, wie auch Gerry, waren überzeugt, dass diese dreiste Lüge einer Überprüfung nicht standhalten würde.

„Das verstehe ich", sagte Petra, *„aber wir ermitteln in einem schweren Gewaltverbrechen, und ich denke, dass Sie uns Ihre Hilfe nicht verweigern wollen."*

Petra, die diese bedeutenden Worte mit größter Ernsthaftigkeit gesprochen hatte, setzte nun mit einem kleinen Lächeln nach:

„Sie wollen sich doch nicht der Behinderung der Justiz schuldig machen, Herr Fellner; oder irre ich mich da?"

Gerry bewunderte einmal mehr das Gespür, über welches Petra verfügte, wie man mit seinem Gegenüber umgehen musste, um bei einer Befragung ein optimales Ergebnis erzielen zu können.

„Ich bitte Sie, Frau Kommissar", erwiderte Franz Fellner, der augenblicklich auf Normalgröße geschrumpft war, *„ich werde alles tun, um Ihnen zu helfen."*

„Davon gehe ich aus, Herr Fellner, und bitte nennen Sie mich bei meinem richtigen Dienstgrad. Ich bin Major und kein Kommissar."

Damit war Franz Fellner nun vollkommen handzahm geworden, und Gerry musste sich sehr zurückhalten, um nicht laut zu lachen.

Er fragte sich, wieso diese Nummer jedes Mal wieder Wirkung zeigte, und er war sich sicher, dass sie bei ihm keinesfalls funktionieren würde.

„Darf ich Sie und Ihren Begleiter bitten, Frau Major, mir in mein Büro zu folgen?", fragte Franz Fellner und bedeutete im Weggehen der Dame beim Empfang, sie möge in der nächsten Zeit keine Gespräche an ihn weiterleiten.

*****

„Wir haben Ihre reizende Gattin in der Seniorenresidenz Langenlois besucht und haben ihr dieses Bild gezeigt."

Mit diesen Worten schob Mjr Misek die bewusste Fotografie Herrn Fellner über dessen Schreibtisch zu.

„Erkennen Sie, außer Ihrer Gattin, die anderen Damen auf dem Bild und den Jungen rechts außen?"

Franz Fellner betrachte die Fotografie eingehend und antwortete:

„Es ist schon eine geraume Weile her, dass dieses Bild gemacht wurde."

„Das ist uns bewusst, Herr Fellner", antwortete Mjr Misek, *„aber Sie haben die Damen doch bestimmt kennengelernt.*

Irgendwann waren sie sicher auch zu Besuch bei Ihrer Gattin hier in Wien."

Franz Fellner begann zu schwitzen. Er wollte auf gar keinen Fall die Frau Major enttäuschen. Und so betrachtete er das Bild wieder und wieder.

„Es tut mir so leid", sagte er schließlich, *„ich weiß, dass die Damen meine Maria besucht haben. Mehrmals sogar. Und dann haben sie köstliche Torten gebacken. Daran kann ich mich auch erinnern, zumal ich die eine oder andere auch schon einmal kosten durfte.*

Aber wie die Damen hießen, das weiß ich beim besten Willen nicht."

Petra war enttäuscht. Sie hatte sich mehr von dieser Unterredung versprochen. Sie wollte schon resignieren und das Gespräch beenden, als Franz Fellner sagte:

„An das Kind kann ich mich auch erinnern. Sogar an seinen Namen. Es war ein russischer Name."

„Wie hieß das Kind?", fragte Mjr Misek aufgeregt.

„Pavel", antwortete Franz Fellner, der erleichtert war, etwas Wichtiges beigetragen zu haben.

Und als er dann noch diese Worte hinzufügte, wurde Mjr Misek beinahe ohnmächtig vor Freude:

„Der Knabe hat gestottert. Das hat die Damen immer sehr amüsiert."

*****

Die Fahrt zurück glich einem Triumphzug.

„Jetzt haben wir den Täter, seinen Namen und sein Motiv", sagte Gerry, während Petra Gerry nur ungläubig ansah. So sehr sie sich auch bemühte, sie konnte Gerry nicht folgen.

116

Sie drängte Gerry, er möge ihr doch erklären, was ihn zu dieser Äußerung gebracht hätte; aber Gerry verweigerte die Antwort und sagte stattdessen:

„Warte, bis die anderen dabei sind."

*****

Alle waren zum Meeting gekommen. Sogar Obstlt Brauneis. Petra tat sich schwer, ihre Enttäuschung zu verbergen, dass Gerry sie so zappeln ließ.

„Unser Kollege und Superhirn, Oblt Schlesinger, glaubt, den Stein des Weisen gefunden zu haben."

Es klang sehr viel Bitternis in Petras Worten, als sie das Meeting eröffnete. Ella blickte fragend zu Petra, denn sie konnte sich keinen Reim auf das Verhalten ihrer Freundin machen.

Der Oberstleutnant schien ebenfalls etwas verwirrt. Die gewittrige Stimmung, die im Raum lag, war ihm keinesfalls entgangen. Er fragte daher:

„Kann mir jemand sagen, was hier los ist?"

„Es ist alles in Ordnung", antwortete Petra, die sich wieder im Griff zu haben schien. *„Es liegt wohl an meinen heftigen Kopfschmerzen, die mich gerade*

*plagen. Das macht mich etwas gereizt. Ich bitte all-
seits um Entschuldigung."*

Den letzten Satz hatte sie mit Blick in Richtung
Gerry gesagt. Gerry nickte leicht, als Zeichen dafür,
dass er die versteckte Entschuldigung angenommen
hatte.

*„Bitte teile uns jetzt deine Erkenntnisse mit, lieber
Gerry."*

Gerry bedankte sich bei Petra. Er war froh, dass
Petra ihn so genannt hatte. Das war eindeutig ein
Friedensangebot.

*„Wir haben bei unserem Besuch in Wien von Franz
Fellner in Erfahrung gebracht, wie der Knabe auf
dem Bild heißt.*

*Er heißt Pavel und er stottert. Ob er diese Sprach-
behinderung heute auch noch hat, ist unsicher."*

„Wenn er überhaupt noch lebt", warf der Oberstleutnant ein.

„Das tut er ganz sicher", erwiderte Oblt Schlesinger, *„denn er hat schließlich das Bekennerschreiben
unterzeichnet."*

„Das stimmt nicht", korrigierte Lt Klara, *„auf dem
Zettel steht Paul und nicht Pavel."*

„*Pavel ist das russische Wort für Paul, liebe Klara*", erwiderte Gerry.

„*Wieso weißt du das?*", fragte Klara erstaunt.

„*Weil Gerry früher in der DDR gelebt hat und dort Russisch lernen musste. Als 1989 die Mauer gefallen ist, kam er mit seiner Familie nach Österreich, wurde schon bald Polizist, um die österreichische Polizei zu bereichern.*"

Ein allgemeines Lachen wischte auch die letzten Gewitterwolken fort.

Die Erklärung war von Petra gekommen, die sich einmal mehr darüber bewusstwurde, was für ein exzellenter Analytiker Gerry doch war.

„*Das <St.> vor dem Namen Paul soll auf die Sprachbehinderung hinweisen. Es bedeutet <stotternder Paul>.*"

Sprachlosigkeit setzte ein. Der Oberstleutnant nickte, schüttelte sein Haupt, und sagte dann:

„*Großartig, lieber Oberleutnant. Ganz großartig. Wie machen Sie das nur?*"

Gerry wirkte etwas verlegen und antwortete nicht.

Ella, die ebenfalls sehr beeindruckt war, sprang in die Bresche und sagte:

„Ich denke, wir sind uns alle einig, dass die Aus-führungen von Oblt Schlesinger stimmig sind.

Pavel bzw. Paul Irgendwer ist verantwortlich für die Morde an den vier Frauen.

Das Motiv scheint mir auf der Hand zu liegen. Es ist Rache."

Ella schaute zu Gerry und fragte:

„Stimmen Sie mir zu, Herr Schlesinger?"

„Unbedingt, Frau Doktor", antworte Gerry.

Als Obstlt Brauneis die Gruppe verlassen hatte, sagte Petra:

„Das muss gefeiert werden. Heute Abend beim Griechen. Und ich zahle."

Dann bat sie Gerry in ihr Büro.

„Schließ bitte die Tür!"

Gerry setzte sich und Petra sagte:

„Es tut mir leid, dass ich so zickig war; bitte ent-schuldige!"

*****

Die Beamten der SOKO Malakoff gingen alle bisherigen Spuren noch einmal akribisch durch, ohne etwas Brauchbares zu entdecken.

Selbst der Gerichtsmediziner wurde mit einbezogen, aber auch er konnte seinen bisherigen Erkenntnissen nichts Neues hinzufügen.

„Es ist wie verhext", sagte Petra, *„wir stecken fest. Hat denn keiner eine Idee?"*

Die Frage an ihre Kollegen war wie ein Hilfeschrei. Ratlosigkeit stand in ihre Gesichter geschrieben.

Einzig Klara wagte einen Vorstoß.

„Ich habe mir das Foto noch einmal genau angesehen, und da ist mir vielleicht etwas aufgefallen."

Klara machte eine Pause und sah Petra an.

„Weiter Klara!", sagte Petra, *„sprich weiter!"*

„Ich habe das Foto vergrößern lassen und da kann man etwas sehen."

Mit diesen Worten legte Klara eine Vergrößerung im Format DIN A2 auf den Tisch und deutete auf eine bestimmte Stelle.

„Das sieht aus wie ein Schloss", sagte Gerry.

„*Und ich weiß auch, wo das ist*", fügte Klara hinzu, „*das ist Schloss Esterhazy in Eisenstadt.*

„*Als wir in der Wohnung von Eveline Maurer in Eisenstadt waren, haben wir dieses Foto dort nicht gefunden*", sagte Ella.

„*Klar*", erwiderte Gerry, „*weil der Mörder es mitgenommen hat.*"

„*Wir müssen unbedingt noch einmal nach Eisenstadt fahren und Befragungen in der Nachbarschaft durchführen. Wir haben jetzt ja einen Namen von dem Kind auf dem Foto.*"

Diese Aufforderung von Petra war an Ella gerichtet.

„*Das war sehr gute Arbeit, Klara*", sagte Petra weiter und applaudierte. Ella und Gerry schlossen sich der Würdigung für Klara an.

Klara fühlte, wie ihre Wangen heiß wurden. Plötzlich im Mittelpunkt zu stehen, war ihr fast ein wenig unangenehm.

Aber das Bewusstsein, ernstgenommen zu werden und in der Gruppe angekommen zu sein, fühlte sich einfach nur gut an.

*****

Petra und Ella verbanden mit der Fahrt nach Eisenstadt sehr hohe Erwartungen.

„Mir fällt gerade etwas ein", sagte Ella plötzlich. *„Kannst du dich daran erinnern, dass Maria Mitzi Fellner beim Betrachten des Bildes mehrmals den Namen <Natascha> genannt hat?"*

„Sicher kann ich das", erwiderte Petra. *„Und?"*

„Was für ein Name ist <Natascha>?", fragte Ella weiter.

„Ein Frauen- oder Mädchenname", antwortete Petra lapidar, die der Frage von Ella keinen Sinn zuordnen konnte.

„Das meine ich nicht, du Schaf", sagte Ella ein wenig ungehalten, *„ich meine, welche Zugehörigkeit verbindest du mit dem Namen <Natascha>?"*.

„Du meinst, aus welchem Ursprungsland er stammt?"

Petra hatte die Frage jetzt verstanden und antwortete:

„Ich denke, der Name ist slawisch", antwortete Petra, *„wie zum Beispiel russisch."*

„Genauso wie Pavel", fügte Ella hinzu.

Petra hätte fast eine Vollbremsung gemacht.

Sie fuhr an den Straßenrand und schaltete den Motor aus.

„Du bist der totale Wahnsinn, Ella. Das ist es. "

Petra war völlig aufgewühlt. Endlich ein wichtiges Teil in dem schwierigen Puzzle.

„Dann ist Pavel der Sohn von Natascha", sagte Petra weiter, *„jetzt brauchen wir nur noch einen Familiennamen. "*

„So ist es, mein Schatz", stimmte Ella zu.

„Du sollst mich nicht so nennen", sagte Petra, und Ella erwiderte:

„Es gab eine Zeit, da hat dir das gefallen. "

„Aber die ist vorbei; akzeptiere das endlich. "

„Nicht für mich", widersprach Ella, worauf Petra den Wagen startete und mit durchdrehenden Reifen losfuhr.

„Willst du uns umbringen, du Schaf? ", sagte Ella, die heftig in ihren Sitz gepresst wurde.

„In Liebe vereint sterben. Ich dachte, das könnte dir gefallen", erwiderte Petra und lachte.

*****

Ein kleiner Blumenladen, unmittelbar neben dem Haus, in welchem Eveline Maurer gewohnt hatte, war die erste Anlaufstation der beiden.

Nachdem Petra sich und ihre Begleitung der Verkäuferin vorgestellt hatte, zeigte sie der jungen Frau die ominöse Fotografie.

Die junge Frau hatte das Foto zwar angesehen, konnte aber nichts damit anfangen.

„Ich bin erst zwei Monate hier", sagte sie, *„aber wenn Sie wollen, dann hole ich die Chefin."*

„Machen Sie das bitte", erwiderte Petra, *„und vielen Dank."*

Als kurz darauf eine ältere Frau erschien, zeigte Mjr Misek ihre Dienstmarke und sagte:

„Grüß Gott! Mein Name ist Misek und das ist Frau Dr. Treschko. Wir sind vom LKA Rehberg und untersuchen den Mordfall <Eveline Maurer>."

„Das ist eine furchtbare Geschichte", erwiderte die Besitzerin des Blumenladens, die auf den Namen Körner hörte. *„Frau Maurer war eine sehr liebe Frau. Es ist wirklich schade um sie."*

„Kannten Sie Frau Maurer näher?", fragte Petra.

„*Ich weiß nicht*", antwortete Frau Körner, „*sie kam ab und zu in den Laden, und dann hat man ein paar Worte gewechselt, wie das eben so ist.*"

Petra wollte schon resignieren, als Ella der Frau die Fotografie zeigte.

„*Erkennen Sie die Personen auf dem Bild?*"

Die Besitzerin des Blumenladens betrachtete das Bild und antwortete:

„*Das ist aber schon ein älteres Bild.*"

Sie betrachtete das Bild eingehend und deutete dann auf Elvira Maurer.

„*Das ist Frau Maurer, die erkenne ich. Aber die anderen Frauen sind mir fremd.*"

„*Was ist mit dem Jungen, ganz außen?*", fragte Ella weiter.

„*Ach ja*", antwortete Frau Körner, „*das ist der kleine Sohn von der Frau Natascha. Ein wohlerzogener, lieber Kerl. Leider hat er gestottert.*"

Petras Herz schlug plötzlich höher.

„*Sie kennen die Mutter von dem Kind?*", fragte sie aufgeregt.

„*Aber ja*", antwortete Frau Körner „*das habe ich doch gerade gesagt.*"

Sie schaute Petra erstaunt an.

„*Sie wissen sicher, wie Natascha mit Nachnamen heißt*", übernahm Ella wieder das Fragen, „*und vielleicht wissen Sie auch, wo sie wohnt?*"

„*Nein, das weiß ich nicht*", antwortete die Besitzerin des Blumenladens, die gerade begann, die Fragerei als lästig zu empfinden.

„*Alle nannten sie nur <Frau Natascha>. Sie war Russlanddeutsche und kam mit ihrem Sohn nach Eisenstadt.*

Sie hat mit Putzen ihren Lebensunterhalt verdient, und sie war fleißig und ehrlich. Nach ihrem Nachnamen habe ich sie nie gefragt."

„*Aber Sie haben sie doch bei der Behörde anmelden müssen*", sagte Petra und schoss damit endgültig den Vogel ab.

Was Petra offenkundig nicht bemerkt hatte, war hingegen für Ella völlig klar. Frau Natascha war eine Schwarzarbeiterin.

„*Ich denke, ich habe Ihnen nichts mehr zu sagen.*"

Das war eindeutig die Botschaft von Frau Körner, dass sie das Gespräch für beendet hielt.

„*Warte bitte draußen*", sagte Ella zu Petra, begleitet von einem Blick, der sich jeden Widerspruch verbat.

Petra hatte ihren Fauxpas noch in der Sekunde bemerkt, als sie ihn begangen hatte. Sie verließ wortlos das Geschäft.

„*Es tut mir leid, liebe Frau Körner*", bemühte sich Ella, den Schaden wieder gut zu machen. „*Meine Begleiterin steht völlig unter Strom. Vier Morde und kein Täter, und dazu hat ihr Freund noch mit ihr Schluss gemacht. Bitte, seien Sie nicht böse.*"

Die Besitzerin, welcher Ella besser gefiel als Petra, zeigte sich wieder etwas mehr gewogen.

„*Na gut*", sagte sie, „*das verstehe ich; aber in Ordnung war es trotzdem nicht.*"

„*Da stimme ich Ihnen völlig zu*", erwiderte Ella und lächelte die Frau an.

„*Würden Sie mir noch eine letzte Frage erlauben, liebe Frau Körner?*", wagte Ella einen Versuch.

„*Von mir aus*", antwortete die Besitzerin des Blumenladens, „*aber dann ist Schluss. Ich muss mich schließlich um mein Geschäft kümmern.*"

„*Das verstehe ich*", erwiderte Ella, die davon überzeugt war, dass Frau Körner im Hinterzimmer entweder ihre Zeit mit Fernsehen oder Kreuzworträtsellösen verbrachte.

„Hat Natascha auch bei Frau Maurer geputzt?"

„Natürlich", antwortete die Besitzerin des Blumenladens, *„ich habe ihr ja die Natascha vermittelt."*

*****

Die Nachfrage beim Einwohnermeldeamt hatte nichts ergeben. Es war nicht wirklich verwunderlich, denn die Wahrscheinlichkeit lag nahe, dass die besagte Person als Uboot[9] in Eisenstadt lebte oder gar gelebt hatte.

Auf eine weitere Befragung im Umfeld der Ermordeten verzichteten Petra und Ella. Wenn schon die Besitzerin des Blumengeschäftes keinen Nachnamen wusste; wer sollte ihn sonst kennen.

Die Rückfahrt verlief lange Zeit schweigend. Wie viel Hoffnung hatten die beiden Frauen in die Befragung gelegt, und dann diese Enttäuschung.

„Findest du, ich bin schon zu sehr abgestumpft?", brach Petra das Schweigen, im Hinblick auf ihr unsensibles Verhalten Frau Körner gegenüber.

---

[9] *Nicht amtlich registriert.*

Ella antwortete nicht sofort.

„Ich deute dein Schweigen als ein JA", sagte Petra, was von Ella jedoch heftig widersprochen wurde.

„Unsinn!", erwiderte Ella. *„Du bist Polizistin, und da gehört das irgendwie dazu. Es ist wie eine Automatik, die sich von selbst einschaltet."*

„Also bin ich ein Roboter oder ein Zombie", scherzte Petra, worauf Ella antwortete:

„Wohl eher ein Zombie. Aber ein ganz lieber."

Jetzt mussten beide Frauen lachen.

„Weißt du, was mir ein wenig Kopfzerbrechen macht?", fragte Ella.

„Dass wir die Morde nicht lösen können", antwortete Petra.

„Das auch", erwiderte Ella.

„Was meinst du denn?", fragte Petra.

„Dass ich noch immer in dich verliebt bin", antwortete Ella.

„Denk noch nicht einmal daran", erwiderte Petra, *„das damals war eine Jugendtorheit. Ich bin zwar Single; aber ein hundertprozentiger Hetero."*

Petra hatte diese Worte so heftig ausgesprochen, dass Ella nicht umhinkonnte, zu sagen.

„Kein Grund zur Beunruhigung, du Schaf. Denkst du, ich würde mich mit einer Polizistin anlegen? Zudem sie auch noch bewaffnet ist?"

Petra musste lachen.

„Entschuldige bitte", erwiderte sie, *„das war dumm von mir. Natürlich habe ich auch Gefühle für dich. Aber die sind rein freundschaftlicher Natur."*

„Ich werde mich wohl damit abfinden müssen; aber es freut mich sehr, dass du das gesagt hast."

Der Klang in Ellas Stimme verriet, dass diese Worte humorvoll gemeint waren.

*****

„Es tut uns leid, dass wir mit leeren Händen zurückgekommen sind", sagte Petra beim morgendlichen Meeting, *„aber jetzt haben wir wenigstens die Gewissheit, dass Natascha die Mutter von dem Knaben auf dem Foto ist.*

Das bedeutet aber auch, dass wir noch zwei potenzielle Mordopfer haben, von denen das eine in einer

Seniorenresidenz lebt und das andere unauffindbar ist. Wie wollen wir damit umgehen?"

"Habt ihr euch schon einmal gefragt, warum Maria Fellner noch nicht ermordet wurde?", fragte Ella.

"Weil sie in der Residenz geschützt ist", antwortete Klara, und Gerry fügte hinzu:

"Weil sie als Diabetikerin keine Torte essen darf."

"Das würde aber voraussetzen, dass sich eine dement erkrankte Person überhaupt daran erinnern kann", sagte Petra scherzhaft.

"Ihr vergesst eine wichtige Tatsache", sagte Ella. *"Gerda Czerny hat doch erzählt, dass sie die Tante Mitzi mochte, weil sie lieb war.*

Was ist, wenn sie als einzige der Frauen den Knaben ob seines Stotterns nicht ausgespottet hat?

Oder glaubt ihr wirklich, der Mörder weiß nicht, wo sich Maria Fellner aufhält? Er hätte sie doch schon längst ermordet, wenn er das gewollt hätte."

"Deine Theorie in allen Ehren", sagte Gerry, *"aber wieso haben wir dann noch kein Opfer mit dem Namen Sandra? Die Frau, die das Bild gemacht hat?"*

Ella dachte nach, während Gerry sie erwartungsvoll ansah.

„Wie wäre es damit?", antwortete Ella, *„vielleicht lebt diese Sandra ja nicht mehr."*

Gerry sah ein, dass sein Einwand damit entkräftet wurde, und war fast ein wenig enttäuscht darüber.

„Ich hab's!"

Klara hatte es fast hinausgeschrien.

„Was hast du?", fragte Petra.

„Ich weiß, wie wir den Kerl kriegen können."

Diese vollmundige Ansage machte alle Anwesenden vorübergehend sprachlos.

„Und wie soll das gehen?", fragte Ella.

„Wir stellen ihm eine Falle", antwortete Klara.

„Aha", kam es skeptisch von Gerry, *„und wie soll die aussehen?"*

„Wir verwenden Frau Fellner als Lockvogel."

Dieser Vorschlag sorgte für eine weitere, vorübergehende Sprachlosigkeit.

„Kannst du das präzisieren?", sagte Petra.

„Ja", antwortete Klara und unterbreitete ihre Idee:

„Wir lancieren eine Meldung in den Medien, die so lauten könnte:

<Aus sicherer Quelle wissen wir, dass eine Zeitzeugin Angaben zu dem Tortenmörder machen kann, die zu der Ergreifung des Täters führen wird. Frau M. lebt in einer Seniorenresidenz in der Nähe. Ihr Name wird aus Gründen der Sicherheit nicht genannt. Die Zeugin wird ihre Aussage zeitnah vor der Staatsanwaltschaft machen.>

„Das ist sehr reißerisch und außerdem sehr gefährlich. "

Gerry war der Erste, der sich zu Klaras Vorschlag äußerte.

„Aber eine brillante Idee ist es schon", sagte Ella.

„Das setzt aber voraus, dass unser Verdächtiger die Meldung liest", hinterfragte Petra, *„dass er weiß, wo er Frau Fellner findet, und dass er auch der Mörder ist. "*

„Ich finde dennoch, dass es einen Versuch wert ist", sagte Ella, *„oder hat jemand eine bessere Idee? "*

Mjr Misek beendete das allgemeine Kopfschütteln mit den Worten:

„Also gut; ich muss es aber zuvor mit dem Oberstleutnant und dem Staatsanwalt besprechen. "

Zebratorte

Zutaten

Füllung:
200 g Vollmilchschokolade
100 g Zartbitterschokolade
750 g Schlagobers
3 Pck Sahnesteif

Biskuitteig:
6 Eiklar
6 Eidotter
300 g Zucker
1 Pck Vanille-Zucker
125 ml kaltes Wasser
125 ml Speiseöl
1 Pck Backpulver
2 EL Kakao

Zum Verzieren:
250 g Schlagobers
1 Pck Vanillezucker
1 Pck Sahnesteif
3 EL Zartbitterschokolade
geraspelt

Zubereitung:

Am Vortag

Schokolade grob hacken. Sahne in einem Topf aufkochen. Schokolade nach und nach bei schwacher Hitze unterrühren und so lange weiterrühren, bis sie geschmolzen ist. Masse in eine Rührschüssel umfüllen und über Nacht in den Kühlschrank stellen.

Biskuitteig

Eiklar sehr steif schlagen. Eigelb, Zucker und Vanille-Zucker in einer Rührschüssel mit einem Mixer (Rührstäbe) auf höchster Stufe schaumig schlagen. Kaltes Wasser und Öl unterrühren. Mehl mit Backpulver mischen und kurz auf niedrigster Stufe unterrühren. Eischnee vorsichtig unterheben. Teig halbieren und unter eine Hälfte den Kakao heben.
Genau in die Mitte der Springform immer abwechselnd 2 Esslöffel hellen Teig und 2 Esslöffel dunklen Teig direkt übereinander einfüllen. Teig nicht glattstreichen, sondern die Form kurz auf die Arbeitsfläche klopfen, damit sich der Teig gleichmäßig verteilt. Form auf dem Rost in den Backofen schieben.

Einschub: unteres Drittel

Backzeit: etwa 50 Min.

Boden mit einem Messer lösen, auf einen mit Backpapier belegten Kuchenrost stürzen und erkalten lassen.

Füllung:

Boden zweimal waagerecht durchschneiden. Schokoladensahne mit Sahnesteif steif schlagen und etwa die Hälfte auf 2 der Böden verstreichen. Böden aufeinandersetzen, dritten Boden auflegen und leicht andrücken. Mit der übrigen Sahne die Torte einstreichen.

Verzieren:

Schlagsobers mit Vanille-Zucker und Sahnesteif steif schlagen, in einen Spritzbeutel mit Sterntülle füllen und Tuffs in diagonalen Streifen aufspritzen. Raspelschokolade in die Zwischenräume streuen und die Torte mind. 3 Std. kaltstellen.

*****

Die Vorbereitungen für die Falle waren getroffen. Oblt Schlesinger hatte sich als Pfleger verkleidet und hielt sich in der Nähe von Zimmer 27 auf, in welchem der Lockvogel, Frau Maria Fellner, ahnungslos ihren Tag verlebte.

Um das Gebäude herum waren Beamte des SEK[10] als Gärtner verkleidet postiert, und im Nebenzimmer von Frau Fellner war das Einsatzkommando eingerichtet worden.

Das Gebäude konnte tagsüber von der Terrasse aus betreten werden, die bei Einbruch der Dunkelheit verschlossen wurde. Dann war nur noch der Haupteingang die einzige Möglichkeit, um in das Gebäude zu gelangen. Und der war videoüberwacht.

Jetzt hieß es nur noch warten und hoffen, dass der Fisch anbeißt. Die SOKO Malakoff spielte dieses Spiel eine Woche lang durch und brach dann ab.

„Ich war überzeugt, dass Pavel erscheinen würde", sagte Lt Wieland enttäuscht am Ende der Aktion und Oblt Schlesinger war einfach nur froh darüber, dass es vorbei war.

Das Herumlaufen in der Montur eines Pflegers hatte ihm nicht sehr behagt.

„Es hätte auch funktionieren können", versuchte Mjr Misek ihre junge Kollegin zu trösten, *„den Versuch war es allemal wert."*

*****

---

[10] **S**onder **E**insatz **K**ommando

Wenige Wochen später geschah etwas Seltsames in Langenlois.

Als alle schon fest schliefen, verließ eine Bewohnerin der Seniorenresidenz das Zimmer einer anderen Bewohnerin und kehrte in ihr eigenes Zimmer zurück.

Es handelte sich um Sandra Sturm aus Zehentegg in der Wachau, die vor einem halben Jahr in die Residenz eingezogen war.

Sandra Sturm hatte nach dem Tod ihres Mannes, Herrn Oskar Kellner, ihren Mädchennamen wieder angenommen.

Eine Zeit lang war sie Mitglied bei den Torten backenden Damen, wo sie auch eine gewisse Natascha und deren Sohn Pavel kennenlernte.

Die Damen trafen sich allmonatlich bei Frau Eveline Maurer in Eisenstadt, bei welcher Natascha als Putzhilfe für ein geringes Salär tätig war.

Sandra fand Gefallen an Pavel, dem kleinen Sohn von Natascha, und sie nannte ihn liebevoll „Pauli".

Was ihr weniger gefiel, war die Art, wie die anderen Damen mit der Sprachbehinderung des Knaben umgingen.

Obwohl sie dieses schändliche Tun immer wieder kritisierte, ließen die Damen nicht davon ab, das Kind zu verspotten. Das ging sogar so weit, dass sie Pavel

Kinderlieder, wie „Alle meine Entlein" oder „Ein Männlein steht im Walde" vorsingen ließen.

Die Damen ergötzten sich an dem Gestottere und die Mutter musste zusehen, ohne etwas dagegen unternehmen zu können, da sie auf das Geld angewiesen war.

Sandra, die das nicht länger mit ansehen konnte, schied schon bald aus der Runde aus. Den Kontakt zu Natascha und ihrem kleinen Pauli hielt sie jedoch aufrecht. Sie unterstützte die beiden auch finanziell.

Als Pauli viele Jahre später schwer erkrankte und nur eine kostenintensive Behandlung in den USA hätte helfen können, suchte Sandra die anderen Damen auf und bat sie, sie mögen durch finanzielle Zuwendungen den Flug nach Amerika und die Behandlung ermöglichen.

Aber die Damen lehnten das ausnahmslos ab. Selbst Maria Fellner, welche über große finanzielle Mittel verfügte, weigerte sich, der Mutter und ihrem Kind zu helfen.

Es kam, wie es kommen musste. Pauli starb nach langem Siechtum einen qualvollen Tod.

Sandra kümmerte sich während dieser schweren Zeit rührend um Natascha, auch nach dem Tod von Pauli; aber der Schmerz war so groß, dass Natascha beschloss, aus dem Leben zu scheiden.

Das war dann der Auslöser dafür, dass Sandra beschloss, die kaltherzigen Damen zur Rechenschaft zu ziehen. Sie plante deren Tod.

Und so suchte sie die Damen auf, brachte jeweils eine Torte mit, in der ein einzelnes Stück vergiftet war, und nahm mit ihnen eine todbringende Jause ein.

Maria Fellner hob sie sich bis zum Schluss auf. Sie hätte Natascha und ihrem Pauli ohne Problem helfen können, sie hätte es nur wollen müssen.

Der Umstand, dass Maria Fellner dement war, begünstigte Sandras Plan, sich unbemerkt als Mitbewohnerin in ihre Nähe zu begeben.

Als sie ihr in jener Nacht das Kissen auf ihr Gesicht drückte, hat Maria sogar gelächelt.

Auf der ominösen Fotografie war Sandra deshalb nicht zu finden, weil sie zu diesem Zeitpunkt aus der Gruppe bereits ausgeschieden war.

Das Foto hatte damals übrigens Natascha gemacht.

Die SOKO Malakoff legte nach einem Vierteljahr den Fall „Torten-Mörder" als ungelöst zu den Akten.

Frau Sandra Sturm wartete, bis die Meldungen über die Morde an den Damen Siglinde Lempp, Marianne Czerny, Eveline Maurer, Ingeborg Schwartz und den Tod von Frau Maria Fellner aus den Medien verschwunden waren, und kehrte dann in ihr Wohnhaus nach Zehentegg zurück.

Mit ihren 61 Jahren fühlte sie sich noch zu jung, um weiter in der Seniorenresidenz zu verweilen.

Den Tod von Frau Maria Fellner hat man nicht weiter untersucht. Man schrieb ihn ihrem hohen Alter zu. Ein Mord konnte es ja nicht sein, weil weder eine Torte im Spiel war, noch ein Bekennerschreiben vorlag.

Der einzige Zugang in die Residenz war ja videoüberwacht, und da hätte man ja gesehen, wenn sich ein Mann nächtens Zutritt verschafft hätte.

Es wäre noch anzumerken, dass Lt Wieland damals Recht damit hatte, als sie sagte:

„Vergiften ist ganz eindeutig Frauensache.“

*****

Russischer Zupfkuchen

Zutaten:
300 g Mehl
180 g Butter
200 g Zucker
2 St Eier
1 Pck Backpulver
40 g Kakaopulver

Füllung:
150 g Zucker
3 St Eier
200 g Schlagobers
500 g Topfen
1 Pck Vanillezucker
70 g Butter

Zubereitung:

Mehl und Backpulver vermischen und in eine große Schüssel geben. Zucker, Kakao, Butter und Eier untermischen und alles gut verkneten.

Ein Viertel des Teiges zur Seite stellen und den restlichen Teig in eine Springform geben und am Rand gut hochziehen.

Für die Füllung die Butter schaumig schlagen. Topfen, Schlagobers, Eier, Zucker und Vanillezucker dazugeben und gut verrühren. Auf den Teig gießen und verteilen.

Den zur Seite gestellten Teig in Stücke zupfen und auf der Füllung verteilen. Den Kuchen bei 180 Grad für 60 Minuten backen lassen.

*****

Nachtrag:

Das ist das Rezept für einen Kuchen, welchen Natascha immer für ihren lieben Sohn Pavel, Paul, Pauli gebacken hat. Er was seine Lieblingsspeise.

*****